메마른 삶

휴머니스트 세계문학 033

메마른 삶
VIDAS SECAS

그라실리아누 하무스 | 임소라 옮김

차례

일러두기

1. 번역 대본으로는 Graciliano Ramos, *Vidas secas*(Editora Record, 2010)를 사용했다.
2. 주석은 모두 옮긴이 주다.

이주

붉은빛이 감도는 평야에 주아 대추나무 두 그루가 초록빛 얼룩을 드리우고 있었다. 가뭄을 피해 길을 나선 그들은 하루 종일 걸었다. 피곤하고 배가 고팠다. 평소 같았으면 많이 걷지 못했을 테지만, 말라붙은 강바닥의 모래 위에서 충분히 휴식을 취한 덕에 15킬로미터나 되는 노정을 이어올 수 있었다. 그들은 몇 시간 동안 그늘을 찾아다녔다. 황량한 카칭가•의 앙상한 나뭇가지 사이로 멀리 주아 대추나무의 잎사귀가 어렴풋이 보였다.

그들은 천천히 그쪽으로 몸을 끌었다. 비토리아 어멈은 작

● '사체가 썩는 듯한 나쁜 냄새'라는 뜻의 포르투갈어. 건기에 식생이 바싹 말라버 린 상태를 지칭하는 '하얀 숲'이라는 뜻의 투피어 '카아칭가'를 빗댄 표현이다.

은아이를 뒤꽁무니에 들쳐 업고 머리에는 양철 트렁크를 이고 있었다. 오다리인 파비아누는 어두운 표정으로 잡낭을 사선으로 둘러멘 채 허리춤에 단 끈에는 물통을 매달고 어깨에는 수발총을 걸쳐 메고 있었다. 큰아이와 강아지 발레이아가 그 뒤를 따랐다.

주아 대추나무가 다가왔다가 멀어지더니 사라졌다. 큰아이가 땅바닥에 주저앉아 울기 시작했다.

"일어나, 망할 놈의 마귀 같은 자식!" 아버지가 아이에게 소리쳤다.

아이가 말을 듣지 않자 그는 칼집 끝으로 아이를 때렸다. 아이는 몸을 웅크린 채 발을 구르며 떼를 썼다. 이내 잠잠해지는가 싶더니 아예 바닥에 드러누워 눈을 감았다. 파비아누는 아이를 몇 대 더 쥐어박고 아이가 일어나기를 기다렸다. 아이가 도통 일어날 기미가 보이지 않자 파비아누는 사방을 둘러보며 볼멘소리로 중얼대듯 욕을 퍼부었다.

사방으로 뻗어 있는 불그스름한 카칭가 사이로 군데군데 말라붙은 사체의 뼛조각들이 하얀 얼룩처럼 흩뿌려져 있었다. 독수리 떼가 죽어가는 짐승들 주위로 높이 선회하며 새까맣게 하늘을 뒤덮고 있었다.

"일어나라니까, 빌어먹을 놈."

아이는 꼼짝도 하지 않았다. 파비아누는 아이를 죽이고 싶었다. 무심한 그는 자신의 불행을 누군가의 탓으로 돌리고 싶었다. 가뭄은 그에게 필요악처럼 보였고, 고집을 부리는 아이 탓에 짜증이 났다. 분명 아이의 잘못은 아니었지만 노정을 방해했고, 소몰이꾼은 목적지를 향해 계속 가야 했다. 하지만 그는 어디로 가야 할지 몰랐다.

그들은 가시덤불과 자갈이 가득 깔린 길을 지나 몇 시간째 강둑을 따라 걷고 있었다. 바짝 말라서 쩍쩍 갈라진 진흙의 뜨거운 열기에 발바닥이 델 지경이었다.

아들을 그 황량한 곳에 버려야겠다는 생각이 오지인의 복잡한 머릿속을 스쳤다. 독수리 떼와 말라붙은 사체 조각들이 떠올랐다. 그는 망설이듯 더러운 붉은 수염을 긁으며 주변을 살폈다. 비토리아 어멈은 입술을 쭉 내밀며 한곳을 막연히 가리키더니 가르랑대는 쉰 목소리로 목적지에 거의 다다랐다고 말했다. 파비아누는 칼집에 칼을 넣고 허리춤에 꽂은 뒤 바닥에 쪼그리고 앉아 아이의 손목을 움켜잡았다. 아이는 무릎을 구부려 배에 댄 채 잔뜩 몸을 웅크리고 있었다. 아이의 몸은 시체처럼 차가웠다. 그러자 이내 화가 누그러들었고, 파비아누는 아이가 가여워졌다. 그 천사 같은 작은 아이를 야생동물의 먹이가 되게 할 수는 없었다. 그는 수발총을 비토리아 어멈에게 건네고는 아들을 양어깨 위로 둘러멘 뒤 몸을 일으켜 자신의 가슴 위로 맥없이 늘어진 나뭇가지처럼 가느다란

아이의 두 팔을 잡았다. 비토리아 어멈은 그의 행동에 동조하
듯 다시 한번 가르랑대는 쉰 목소리로 감탄사를 내뱉으며 보
이지도 않는 주아 대추나무를 가리켰다.

그렇게 그들은 더욱 더디고 지난해진 노정을 침묵 속에서
묵묵히 이어갔다.

길동무가 사라지자 강아지 발레이아가 앞장서고 나섰다.
구부정한 몸에 갈비뼈가 앙상하게 드러난 발레이아는 입 밖
으로 혀를 내민 채 숨을 헐떡이며 뛰어갔다. 그러다가 간간이
멈춰 서서 뒤처진 사람들을 기다렸다.

전날 밤까지만 해도 생존자는 앵무새를 포함해 여섯이었
다. 가엾은 앵무새는 그들이 휴식을 취하던 한 웅덩이 주변
강가 모래톱에서 죽었다. 가뭄을 피해 긴 여정을 이어온 가족
들을 허기가 심하게 엄습했지만 근처에 요기할 거리라고는
전혀 없었다. 발레이아는 친구의 발과 머리, 뼈를 저녁으로
해치웠고, 그 일에 대해서는 아무런 기억조차 남아 있지 않
았다. 가던 길을 멈추자, 그제야 발레이아의 반짝이는 눈동자
가 가족들의 소지품으로 향했다. 발레이아는 양철 트렁크 위
의 작은 새장 안에서 균형을 잡기 위해 안간힘을 쓰고 있는
새의 모습이 보이지 않는 것이 의아했다. 파비아누 역시 간
간이 새의 빈자리가 느껴지곤 했지만, 추억은 곧 사그라졌다.
그는 카사바를 찾아 정처 없이 배회했었다. 남은 카사바 가

루는 바닥난 상태였고, 카칭가에서는 길 잃은 소의 울음소리조차 들리지 않았다. 비토리아 어멈은 타들어갈 듯 달아오른 땅바닥에 앉아 깍지 낀 손으로 뼈가 앙상하게 드러난 무릎을 잡은 채 관련도 없는 옛일들을 떠올리고 있었다. 결혼식 피로연, 로데오 경기, 구일기도, 모든 것이 어지럽게 머릿속에 떠올랐다. 외마디 소리가 비토리아 어멈을 깨워 현실로 끌어냈다. 앵무새가 눈에 들어왔다. 앵무새는 우스꽝스러운 자세로 발을 벌린 채 잔뜩 화가 나 있었다. 비토리아 어멈은 우발적으로 앵무새를 식량으로 이용하게 되었고, 말도 못 하는 무용지물일 뿐이었다며 자신의 행동을 합리화했다. 앵무새는 말을 못 할 수밖에 없었다. 평소 가족들은 말을 거의 하지 않았다. 더구나 그 비극이 있은 후, 그들은 모두 입을 다물고 지냈다. 간간이 짧은 단어를 내뱉는 것이 전부였다. 앵무새는 있지도 않은 소를 불러 모으며 소몰이꾼을 따라 하거나 강아지를 흉내 내며 짖곤 했었다.

주아 대추나무의 어슴푸레한 얼룩이 다시 나타났다. 파비아누의 발걸음이 가벼워졌고, 굶주림과 피로, 상처마저 잊었다. 파비아누의 샌들은 발뒤꿈치가 다 닳아 있었다. 샌들 끈에 발가락 사이가 벗겨지다못해 찢어져 너무 고통스러웠다. 파비아누의 발뒤꿈치는 소의 발굽처럼 단단했지만 갈라져 피를 흘리고 있었다.

길모퉁이에 다다르자 울타리의 한 귀퉁이가 시야에 들어왔다. 파비아누는 음식을 찾을 수 있다는 희망으로 가득 찼다. 노래를 흥얼거리고 싶었지만, 낼 수 있는 유일한 소리는 혐오스러운 쉰 소리뿐이었다. 파비아누는 기력을 소진하지 않기 위해 입을 다물었다.

강둑을 벗어난 가족들은 울타리를 따라 산비탈을 올라 주아 대추나무에 다다랐다. 그늘을 보는 것이 너무 오랜만이었다.

비토리아 어멈은 짐짝처럼 널브러진 아이들을 바로 눕힌 뒤 낡은 천으로 몸을 덮어주었다. 지쳐 쓰러져 마른 잎 위에 몸을 웅크린 채 주아 대추나무 뿌리에 머리를 기대고 잠들었던 맏이는 어지럼증이 가시자 깨어났다. 눈을 뜨자 어렴풋이 근처 언덕과 몇 개의 바위, 소달구지가 보였다. 강아지 발레이아가 아이의 곁으로 가더니 몸을 둥글게 말아 웅크렸다.

그들이 있는 곳은 생명체라곤 찾아볼 수 없는 농장 안뜰이었다. 축사는 텅 비어 있었고 버려진 염소 우리도 황량하긴 마찬가지였다. 농장 가옥엔 빗장이 채워져 있었다. 모든 것이 버려진 농장이라는 징후가 뚜렷했다. 분명 가축은 다 죽고 살던 이들은 떠나간 뒤였다.

파비아누는 부질없이 소 방울 소리를 찾으려 애썼다. 집으로 다가가 문을 두드리며, 억지로 문을 열려고 시도했다. 문이 꼼짝도 하지 않자 파비아누는 말라비틀어진 나뭇가지로 둘러싸인 울타리를 넘어 안마당으로 들어섰다. 텅 빈 진흙 구덩이와 축 늘어진 카칭가 숲과 관목 덤불, 축사 울타리와 이어진 나무들이 보였다. 파비아누는 구석에 있는 기둥을 타고 올라가 카칭가를 살펴보았다. 뼈 더미와 독수리 떼의 검은 구름이 또렷이 눈에 들어왔다. 파비아누는 내려와 부엌문을 열었다. 하지만 아무런 소득도 얻지 못한 채 돌아서며, 그는 테라스에 잠시 서서 그곳에 가족들을 묵게 해야겠다고 생각했다. 그러나 주아 대추나무로 돌아왔을 때 이미 아이들은 잠들어 있었고, 깨우고 싶지 않았다. 파비아누는 잔가지들을 주우러 갔고, 염소 우리에서 흰개미가 반쯤 갉아먹다 남은 나무 더미를 한 움큼 가져왔다. 마캄비라 선인장을 뽑아 불을 피울 채비를 했다.

그 순간 발레이아가 귀를 쫑긋 세우고, 콧구멍을 한껏 추켜세우더니 냄새를 맡기 시작했다. 기니피그의 냄새가 느껴졌던 것이다. 발레이아는 잠시 코를 킁킁거리더니 근처 언덕으로 달려가 기니피그를 찾아 나섰다.

파비아누는 발레이아가 달려간 방향을 응시하다 깜짝 놀랐다. 그림자 같은 것이 언덕 위에 드리워져 있었다. 그는 아내의 팔을 툭 치며 하늘을 가리켰다. 두 사람은 한참 동안 햇살을 응시했다. 그러고는 눈물을 닦으며, 아이들 곁에 쪼그리고 앉아 한숨을 쉬었다. 사람을 잡을 정도로 눈부시게 끔찍한 푸른 하늘의 기세에 짓눌려 구름이 사라질까 두려워 꼼짝도 않고 웅크리고 있었다.

날이 밝았다가 다시 저물었다. 어둠이 순식간에 대지를 뒤덮었다. 푸르스름한 하늘이 내려앉더니 이내 어두워졌고, 서쪽 하늘의 불그레한 빛만이 간간이 내비쳤다.

불타오르는 사막에서 길을 잃은 보잘것없는 존재, 피난민 가족은 서로를 부둥켜안고 자신들에게 닥친 고난과 공포를 마주했다. 비토리아 어멈의 심장박동이 가까이 느껴지자 파비아누의 심장이 뛰었다. 파비아누는 지친 몸놀림으로 비토리아 어멈을 부둥켜안으며 몸을 덮고 있던 누더기를 가까이 끌어당겼다. 그러나 두 사람은 이내 약해진 마음을 추스르고 부끄러운 마음에 서로에게서 떨어졌다. 그들에게 위안을 가져다준 희망의 끈을 잃을까 두려웠던 것이다. 작열하는 태양빛을 다시 견뎌낼 용기가 나지 않았다.

잠에 들 때쯤 발레이아가 기니피그 한 마리를 물고 와 잠을 깨웠다. 모두가 소리치며 벌떡 일어났다. 큰아이는 잠을 떨쳐내려는 듯 연신 눈꺼풀을 비벼댔다. 비토리아 어멈은 피로 범벅된 발레이아의 주둥이에 입맞춤을 퍼부어대며, 입맞춤을 핑계 삼아 그 피를 핥았다.

그것은 정말 작은 사냥감에 불과했지만, 가족의 죽음을 연기하기에는 충분했다. 갑자기 파비아누는 살고 싶어졌다. 그는 결의에 찬 눈빛으로 하늘을 올려다보았다. 구름이 커져서 지금은 언덕 전체를 뒤덮고 있었다. 파비아누는 발가락과 발 뒤꿈치에 난 상처도 잊은 채 확신에 찬 듯 발을 내디뎠다.

비토리아 어멈은 트렁크를 뒤적이며 무언가를 찾기 시작했고, 아이들은 로즈메리 나무줄기를 부러뜨려 꼬챙이를 만들러 갔다. 발레이아는 귀를 쫑긋 세운 채 앞발은 세우고 엉덩이는 땅에 붙인 자세로 주변을 지켰다. 자신에게 떨어질 몫을 기다리는 것이었다. 아마도 기니피그의 뼈나 가죽 정도가 발레이아의 몫이 될 터였다.

파비아누는 물통을 집어 들고 산비탈을 내려와 말라버린 강으로 향했다. 그는 동물들이 물을 마시는 곳에서 약간의 진흙을 찾았다. 물이 스며 나오길 기대하며 손톱으로 모래를 파냈고, 바닥에 몸을 구부린 채 물을 벌컥벌컥 마셨다. 갈증이 가시자 파비아누는 몸을 돌려 이제 막 모습을 드러내기 시작한 별들을 바라보며 누웠다. 하나, 둘, 셋, 넷, 별이 많이 떠 있었다. 하늘에는 다섯 개 이상의 별이 떠 있었다. 서쪽 하늘이 구름에 뒤덮여 있었다. 그러자 파비아누의 가슴이 미칠 듯한 기쁨으로 벅차올랐다.

파비아누는 가족을 생각했고, 배가 고팠다. 그는 마치 사물이 움직이는 듯 걸음을 내디뎠다. 사실상 토마스 씨의 제분소 방아와 별반 다르지 않았다. 이제 그는 바닥에 누워 배를 꽉 쥐고 이를 딱딱 부딪쳤다. 토마스 씨의 제분소 방아는 어떻게 됐을까?

다시 하늘을 바라보았다. 구름이 모여들었고 휘영청 밝은 달이 떠 있었다. 비가 올 것이 분명했다.

토마스 씨가 가뭄을 피해 피난을 떠나면서 제분소 방아도 멈췄다. 그리고 그, 파비아누도 제분소 방아와 같은 신세가 되었다. 이유는 알 수 없었지만 그렇게 됐다. 하나, 둘, 셋, 하늘에는 다섯 개 이상의 별이 떠 있었다. 우윳빛 달무리가 달을 휘감고 있었다. 비가 올 것이다. 그렇다. 카칭가는 되살아날 것이다. 씨암소도 우리로 돌아올 것이다. 그, 파비아누는 그 죽은 농장의 목동이 될 것이다. 뼈로 만든 소 방울 소리가 적막을 깨뜨릴 것이다. 살이 통통하게 올라 혈색이 도는 아이들이 염소 우리에서 뛰어놀고, 비토리아 어멈은 화려한 나뭇잎 무늬 치마를 입을 것이다. 소들은 우리를 가득 채울 것이다. 그리고 카칭가는 완연한 초록빛으로 물들 것이다.

파비아누는 언덕 위의 주아 대추나무 아래에서 갈증을 참고 있을 아이들과 아내, 그리고 강아지를 떠올렸다. 죽은 기니피그도 떠올렸다. 물통을 가득 채우고는 몸을 일으켜 짠물이 섞인 물을 흘리지 않기 위해 천천히 발걸음을 옮겼다. 산비탈을 올랐다. 산들바람에 시키시키 선인장과 만다카루 선인장이 흔들렸다. 전에 없던 새로운 생동감이었다. 카칭가의 말라비틀어진 나뭇가지와 나뭇잎들이 되살아난다고 생각하자 오싹한 느낌마저 들었다.

언덕에 다다르자 파비아누는 가족들이 목을 축일 수 있도록 물통을 바닥에 내려놓고 돌로 괴었다. 그러고 나서 웅크리고 앉아 잡낭을 뒤적이더니 부시를 꺼내 마캄비라 선인장 뿌리에 불을 지핀 후 있는 힘껏 입김을 불었다. 불꽃이 떨리는가 싶더니 이내 커져 검게 그을린 그의 얼굴과 붉은 수염, 푸른 눈을 물들였다. 잠시 후 기니피그는 찍찍 울어대며 로즈메리 나무 꼬챙이에서 익어가기 시작했다.

모두가 행복했다. 비토리아 어멈은 나뭇잎 무늬의 펑퍼짐한 치마를 입을 것이다. 비토리아 어멈의 시들시들한 얼굴은 다시 젊어질 것이고, 축 늘어진 엉덩이에도 살이 오를 것이다. 비토리아 어멈의 붉은 옷은 다른 혼혈 처녀들의 시샘을 살 것이다.

달이 커가며 우윳빛 달무리도 커졌다. 밤하늘을 가득 채운 달무리 탓에 별빛은 퇴색해갔다. 하나, 둘, 셋, 이제 하늘에는 별이 얼마 남아 있지 않았다. 근처에 있던 먹구름이 언덕에 드리웠다.

농장은 되살아날 것이다. 그리고 그, 파비아누는 소몰이꾼이 될 것이다. 말하자면 그 세상의 주인이 될 것이다.

수발총, 잡낭, 물통, 양철 트렁크와 같은 잡동사니들은 한데

모아두었다. 불꽃이 타닥타닥 타올랐다. 기니피그는 모닥불 위에서 지글지글 익어가고 있었다.

되살아날 것이다. 비토리아 어멈의 어두운 낯빛에 혈색이 돌아올 것이다. 아이들은 염소 우리의 부드럽고 폭신한 흙 위에서 뒹굴 것이다. 소 방울 소리가 주변에 울려 퍼질 것이다. 카칭가는 초록빛으로 물들 것이다.

발레이아는 꼬리를 흔들며 모닥불을 바라보았다. 파비아누가 생각하는 그러한 일 따위에는 신경을 쓸 수 없었기에 뼈다귀를 씹을 시간이 오기만을 차분히 기다렸다. 그러고 나서 발레이아는 잠을 청할 것이다.

파비아누

파비아누는 여우 털빛을 한 암송아지의 벌레에 물린 상처를 치료해준 적이 있었다. 그는 잡낭에 크레올린 병을 가지고 다녔고, 동물을 발견하게 되면 간단한 치료 정도는 가능했다. 동물은 발견하지 못했지만, 모래 위에 동물의 발자국 같은 것이 보이자 파비아누는 무릎을 꿇고 바닥에 두 개의 나뭇가지를 십자 모양으로 둔 채 기도를 올렸다. 그 동물이 죽지 않았다면, 그의 강력한 기도의 힘을 빌려 축사로 돌아올 것이다.

의무를 완수한 후, 파비아누는 안심하며 집을 향해 걸음을 옮겼다. 그는 강가에 도착했다. 발이 푹푹 빠지는 모래사장을 걸으며 피곤해할 겨를도 없이 마른 진흙 위를 걷기 시작하자 그의 샌들이 척척 소리를 냈고, 끈에 매달아 어깨에 짊어진 소 방울 소리마저 묵직하게 들렸다. 파비아누는 머리를 삐딱하게 기울이고 구부정하게 등을 굽힌 채 양팔을 좌우로 휘저으며 걸었다. 쓸데없는 행동이었지만 소몰이꾼과 그의 아버지, 조부 및 그보다 더 오래된 선조들은 손으로 숲을 헤치며 오솔길을 걷는 것에 익숙해져 있었다. 그리고 그의 아이들도 이미 조상 대대로 물려받은 그 걸음걸이를 따라 했다.

척척. 세 켤레의 신발이 갈라진 진흙 바닥을 연신 쳐댔다. 하얗게 메말라 있는 진흙 표면의 아래는 검고 부드러웠다. 강가의 진흙은 발길을 옮길 때마다 물컹댔다.

발레이아는 앞서 달리며 카칭가 어딘가에 있을 여우 털빛 암송아지의 흔적을 찾아 주둥이를 킁킁댔다.

파비아누는 만족스러웠다. 그렇다. 카사바로 연명하던 가족 모두가 굶어 죽을 지경이 되어서야 이곳에 도착했지만 그는 살길을 마련하고 있었다. 주아 대추나무 아래 펼쳐진 안뜰 끝자락에서 발견한 버려진 집은 그의 차지가 되었다. 그와 그의 아내, 그리고 아이들은 어두운 침실에 이미 익숙해져 있었다. 그들은 흡사 쥐처럼 보였다. 그렇게 과거의 고통에 대한 기억은 희미해졌다.

파비아누는 쩍쩍 갈라진 땅을 당당하게 밟고 서서 뾰족한 칼을 꺼내 더러운 손톱을 긁었다. 그러고는 잡낭에서 연초 한 조각을 꺼내 잘게 썬 뒤, 옥수수 껍질로 궐련을 만들어 라이터로 불을 붙였다. 그는 천천히 한 모금 깊숙이 빨아들였다.

"파비아누, 넌 사람이야." 파비아누는 큰 소리로 외쳤다.

하지만 이내 입을 다물었다. 근처에 있는 아이들이 자신의 혼잣말을 듣고 분명 놀랐을 것이라고 확신했다. 그리고 잘 생각해보니 자신은 사실 사람이 아니었다. 다른 사람의 것을 지키는 한낱 카브라•일 뿐이었다. 파비아누는 검게 그을린 붉은 피부에 눈은 파랗고, 붉은 수염과 머리카락을 지니고 있었다. 그러나 남의 땅에 살며 남의 가축을 돌봤다. 백인들 앞에서는 몸을 움츠리며, 카브라처럼 행동했다.

파비아누는 아이들 이외에 또 다른 누군가가 자신의 경솔한 말을 들었을까봐 주변을 조심스레 살펴보았다. 그는 중얼대듯 고쳐 말했다.

"넌 짐승이야, 파비아누."

이것은 그에게 자부심의 원천이었다. 그렇다. 그는 역경을 이겨낼 수 있는 짐승이었다.

그 끔찍한 상황에 이르러서도 그는 굳건히 버텨냈다. 심지어 살도 찌고 궐련까지 피우고 있었다.

"짐승이야, 파비아누."

그랬다. 그는 갈 곳이 없어 그 집을 차지했고, 며칠 동안 임

• 포르투갈어로 보통 '암염소'를 뜻하며, 브라질의 경우 흑인과 백인의 혼혈인 물라토와 흑인 사이에서 태어난 혼혈인을 지칭하는 말이다.

부 매실 뿌리와 우단콩 씨앗을 씹으며 지냈다. 폭풍우가 내리쳤다. 폭풍우와 함께 농장주도 돌아왔다. 농장주는 파비아누를 내쫓으려 했다. 그러나 파비아누는 못 알아들은 척했다. 팔꿈치를 긁적이며 겸연쩍게 미소를 짓더니 자신이 쓸 만하다고 중얼거렸다. 계속 머물게 해달라는 것이었다. 그러자 농장주는 그를 받아들였고 그에게 낙인을 건네주었다.

이제 파비아누는 소몰이꾼이었고, 아무도 그의 자리를 빼앗을 수 없었다. 그는 짐승처럼 나타나 짐승처럼 둥지를 틀고 뿌리를 내렸다. 그곳에 안착한 것이다. 파비아누는 주변의 키파, 만다카루, 시키시키 선인장을 바라보았다. 그는 그 모든 것보다 더 강했다. 그는 카칭가 관목과 바라우나 옻나무만큼 강했다. 파비아누와 비토리아 어멈, 두 아이, 그리고 강아지 발레이아는 그 땅에 붙어살고 있었다.

척척. 샌들이 갈라진 땅을 연신 쳐댔다. 소몰이꾼의 몸이 좌우로 흔들렸다. 다리는 두 개의 활처럼 휘었고 팔은 늘어져 있었다. 그는 원숭이 같았다.

파비아누는 슬퍼졌다. 남의 땅에서 안착했다고 생각하다니! 그것은 오해였다. 그의 운명은 세상을 떠돌아다니는 것이었다. 방황하는 유대인처럼 정처 없이 세상 여기저기를 떠돌아다니는 것이 그의 운명이었다. 가뭄으로 이주에 내몰린 떠돌이였다. 그는 그곳을 스쳐 지나가는 손님일 뿐이었다. 그렇다. 지나치게 오래 머물고 있는 손님이 집과 축사, 염소 우리, 그리고 자신의 가족에게 하룻밤 보금자리가 되어준 주아 대추나무에 애착을 느끼게 된 것이다.

파비아누는 손가락으로 딱 소리를 냈다. 강아지 발레이아는 한달음에 달려와 털로 덮인 두꺼운 그의 손을 핥았다. 파비아누는 살가운 발레이아의 모습에 눈물이 났다.

"넌 진짜 짐승이야, 발레이아."

파비아누는 평소에 사람들을 멀리했다. 동물들하고만 잘 지냈다. 나무 가시가 부서지고 땅바닥의 열기도 느껴지지 않을 만큼 그의 발은 딱딱했다. 말에 올라타면, 마치 말과 한 몸인 것처럼 말 등에 달라붙었다. 말은 그르렁대며 단음절 위주로 노래하듯 했고, 함께 생활하는 동물들만이 그 말을 이해하곤 했다. 그는 제대로 서 있지도 못했다. 볼품사납게 휜 오다리로 이쪽저쪽 비스듬하게 서 있곤 했다. 사람들과 이야기할 때면 가끔씩 동물들에게나 쓰는 소리와 의성어를 쓰기도 했다. 실제로 그는 말을 거의 하지 않았다. 도시 사람들이 구사하는 길고 어려운 말들에 경탄하며 그중 몇 마디를 따라 하려고 공연히 애쓰기도 했다. 하지만 그 말들이 쓸모없고 어쩌면 위험할 수도 있다는 것을 그는 알았다.

아이 중 하나가 다가와 무언가를 물었다. 파비아누는 생각을 멈추고 눈썹을 찌푸렸다. 멍하니 아이가 질문을 반복하기를 기다렸다. 아이가 무엇을 원하는 건지 이해하지 못한 채 아이를 꾸짖었다. 호기심이 너무 많아진 아이는 캐묻기 시작했다. 그렇게 계속하다보면, 자신과 상관없는 일에까지 끼어들게 마련이다. 그 결과는 어떻게 될까? 난처해진 파비아누가 아이를 밀쳤다.

"고얀 놈들, 생각하는 것이라곤⋯⋯."

파비아누는 생각을 완성하지는 못했지만, 그것이 잘못되었다고 생각했다. 그는 자신의 어린 시절을 회상해보았다. 어린 시절의 그는 더럽고 해진 작은 셔츠 바람으로 아버지와 함께 밭일을 하며 무의미한 질문을 던지곤 하던 괴팍한 아이였다. 파비아누는 아이들을 불렀고, 당장의 일들에 대해 이야기하며 아이들의 관심을 끌려고 했다. 그는 손뼉을 치며 강아지에게 지시를 내렸다.

"에코! 에코!"

강아지 발레이아는 여우 털빛 암송아지의 냄새를 쫓아 모래언덕과 키파 선인장 사이를 달려 나갔다. 발레이아는 몇 분후 풀 죽은 모습으로 힘없이 꼬리를 내린 채 돌아왔다. 파비아누는 강아지를 위로하며 쓰다듬었다. 그저 아이들에게 교훈을 주고 싶었던 것이다. 아이들이 그런 식으로 행동해야 한다는 것을 알면 좋겠다고 생각했다.

파비아누는 보폭을 넓혀 강변의 메마른 진흙 길을 벗어나 안뜰로 통하는 산비탈로 향했다. 불안한 마음 탓에 푸른 눈에 그림자가 감돌았다. 그의 생활에 빈틈이 생긴 것 같았다. 파비아누는 아내와 이야기를 나누고 싶었다. 그 불안감을 떨쳐버리고 싶었다. 바구니에 만다카루 선인장 조각을 가득 채워 가축에게 먹이고 싶었다. 다행히도 암송아지는 기도로 치유되었다. 만약 죽는다 하더라도 그의 탓은 아니었다.

"에코! 에코!"

발레이아는 다시 마캄비라 선인장 덤불 사이를 달렸지만 무용지물이었다. 아이들은 즐거워하며 생기를 되찾았고, 파비아누의 기분도 밝아졌다. 그것이 바로 옳은 일이었다. 발레이아는 마캄비라 선인장 덤불에서 암송아지를 찾을 수는 없었지만, 아이들이 자신의 움직임을 따라 박수 치며 큰 소리로 환호하는 쉬운 동작에 익숙해지는 것이 좋았다. 강아지는 혀를 내민 채 숨을 헐떡이며 다시 돌아왔다. 파비아누는 선두에 서서 교훈을 준 것에 흡족해하며, 안장도 채우지 않고, 낙인도 찍지 않은, 자신이 타게 될 암말에 대해 생각했다. 카칭가에 외마디 소리가 울려 퍼질 것이다.

이제 파비아누는 비토리아 어멈과 아이들의 교육에 대해 이야기하고 싶었다. 분명 아내의 잘못은 아니었다. 비토리아 어멈은 집안일에 푹 빠져 패랭이꽃과 쑥에 물을 주고, 물가에 가서 빈 물동이를 가득 채워 돌아오곤 했다. 아이들은 돼지처럼 진흙탕을 뒹굴며 놀았다. 게다가 한창 궁금한 것이 많은 나이여서 참기 어려울 정도로 질문을 해댔다. 파비아누는 무지함이라는 표현에 잘 어울렸다. 하지만 그에게 알 권리가 주어진 적이 있었던가? 과연 있었던가? 없었다.

"거기 있네."

만약 그가 무언가를 배웠다면 더 많은 것을 배우고 싶어 했을 것이고, 결코 만족하지 않았을 것이다.

파비아누는 제분소의 토마스 씨를 생각했다. 세르탕● 사람 중 가장 불행한 이는 제분소의 토마스 씨였다. 왜일까? 아마도 책을 너무 많이 읽어서 그런 것 같았다. 파비아누는 여러 차례 말했었다. "토마스 씨, 어르신은 정상이 아니에요. 뭐 하러 그렇게 종이 더미에 파묻혀 지내요? 재난이 닥치면, 토마스 씨도 다른 사람들처럼 망할 거예요." 그러다 가뭄이 왔고, 그렇게 착하고 책을 많이 읽은 그 불쌍한 노인은 모든 것을 잃고 나약하게 거리에 나앉았다. 아마도 이미 살기를 포기했을지도 모른다. 그와 같은 사람이 혹독한 여름을 견디기는 힘들었을 것이다.

● 건계와 우계가 뚜렷해 강수량의 대부분이 3~4개월 사이에 집중되는 브라질 북동부에서 중부까지의 반건조 지역을 지칭하는 말이다. 주로 유자 관목과 선인장이 분포한다.

분명 그의 지혜는 사람들의 존경을 받았다. 노란 피부에 진중한 표정을 가진 제분소의 토마스 씨가 구부정한 자세로 앞 못 보는 말에 올라 한쪽 다리는 이쪽에, 다른 쪽 다리는 저쪽에 걸친 채 지나갈 때면 파비아누와 같은 사람들이 그에게 인사를 하곤 했다. 그때마다 토마스 씨는 이쪽저쪽으로 몸을 돌려가며, 빨간 가죽이 덧대어진 검은 부츠를 신은 다리를 크게 벌린 채 밀짚모자의 챙을 잡고 인사를 건넸다.

천지 분간을 못 했던 시절 파비아누는 그를 흉내 내려고 했었다. 어려운 단어를 쓰면서도 중요한 부분은 모두 빼먹었다. 그러고는 자신이 더 나아졌다고 생각했다. 어리석은 생각이었다. 자신과 같은 사람은 애초부터 제대로 된 말을 하기 위해 태어난 것이 아니라는 사실을 확실히 깨달았다.

제분소의 토마스 씨는 말을 잘했다. 신문과 책을 너무 많이 읽어 시력이 나빠질 정도였지만, 명령할 줄은 몰랐다. 대신 요청했다. 가진 사람이 예의 바르다는 것이 이상했다. 심지어 마을 사람들도 그의 태도를 비난했다. 하지만 모두 그의 말에 복종했다. 아! 누가 복종하지 않을 수 있었겠는가?

다른 백인들은 달랐다. 가령 현재의 주인은 쓸데없이 고함을 쳤다. 거의 농장에 오지 않다가 무언가 흠잡으려 할 때만 농장을 찾았다. 가축이 늘어나고 농장 일도 잘 돌아갔지만, 주인은 소몰이꾼을 나무랐다. 당연했다. 그는 나무랄 수 있는 자였기 때문에 나무랐고, 파비아누는 겨드랑이에 가죽 모자를 끼운 채 그의 핀잔을 듣고 용서를 구하며 다시는 그러지 않겠다고 약속했다. 하지만 그는 마음속으로 모든 것이 정리되어 있었다. 아무것도 수정하지 않겠다고 다짐했고, 주인은 그저 자기가 주인이라는 것을 과시하고 싶어 화를 내는 것뿐이라고 생각했다. 의심의 여지가 있을까?

파비아누는 농장의 일부이자 무용한 물건처럼 보였고, 예상치 못한 순간에 해고될 것이 분명했다. 농장에 고용되면서 파비아누는 종마와 다리 보호대, 가죽 재킷, 가슴 보호대와 생가죽 신발을 받았지만, 나갈 때는 그를 대신할 소몰이꾼에게 모든 것을 내주게 될 것이다.

비토리아 어멈은 제분소의 토마스 씨의 것과 같은 침대를 갖고 싶어 했다. 정신 나간 생각이었다. 파비아누는 아내의 기분을 상하게 하고 싶지 않아서 말하지 않았지만 그것이 정신 나간 생각이라는 것은 알았다. 그들 같은 아무개 따위가 그런 호사를 누릴 수 있을까? 그들은 그저 그곳을 스쳐 지나갈 뿐이었다. 주인은 언제든지 그들을 내쫓을 수 있었고, 그들은 목적지도 없이 세상을 떠돌게 될 것이다. 그리고 그런 잡동사니를 싸 들고 갈 방법도 없었다. 파비아누의 가족들은 언제든 떠날 채비를 한 채 살았고, 나무 밑에서도 금세 잠들었다.

파비아누는 노랗게 물든 카칭가를 바라보았다. 석양이 붉게 깔려 있었다. 가뭄이 다시 찾아온다면 초록빛 초목은 남아나지 못할 것이다. 소름이 돋았다. 물론 다시 찾아올 것이 분명했다. 그가 기억하는 한 항상 그랬었다. 그리고 그가 기억조차 못 하던 때에도, 태어나기 이전에도 매번 그랬었다. 좋은 해가 있으면 나쁜 해가 있었다. 재앙이 다가오고 있었다. 어쩌면 이미 가까이 와 있는지도 몰랐다. 일할 가치가 없었다. 그는 집으로 향하는 길에 산비탈을 오르며 샌들로 자갈을 흩트렸다. 가뭄은 그의 목숨을 앗아 가기 위해 전속력으로 달려오고 있었다.

아이들의 질문을 피하기 위해 파비아누는 얼굴을 돌리며 성호를 그었다. 죽고 싶지 않았다. 그는 아직도 세상을 돌아다니며 둘러보고 싶었고, 제분소의 토마스 씨와 같이 중요한 사람들을 만나보고 싶었다. 사나운 팔자로 태어났지만 파비아누는 운명과 싸워 이겨내고 싶었다. 죽고 싶지 않았다. 아르마딜로처럼 그는 덤불 속에 숨어 있었다. 그는 아르마딜로처럼 단단하고 재바르지 못했다. 하지만 언젠가는 은신처에서 나와 사람답게 머리를 곧게 세우고 나아갈 것이다.

"넌 사람이야, 파비아누."

수염이 덥수룩한 턱을 긁적이다 멈춘 그는 담배에 다시 불을 붙였다. 아니다. 어쩌면 사람이 아닐 수도 있다. 그보다는 평생 외딴 농장에 있는 가축과도 매한가지인 존재, 백인들의 지배를 받는 하찮은 존재, 카브라라고 해야 할 것이다.

그러면 그 이후에는 어떻게 될까? 파비아누는 자신이 금방 사라지지는 않을 거라고 확신했다. 그는 여러 날 동안 아무것도 먹지 않고 허리띠를 졸라맨 채 위를 줄여가며 살아냈다. 그는 여러 해, 100년은 족히 살게 될 것이다. 하지만 배고픔에 허덕이며 죽든 황소의 뿔에 받혀 죽든 그는 건장한 아이들을 남길 것이며, 아이들은 또 다른 아이들을 낳을 것이다.

주변은 모두 메말라 있었다. 그리고 주인도 마찬가지로 메말라 성미가 까다롭고 요구 사항이 많은 데다 도둑이나 매한가지였다. 만다카루 선인장과 같이 가시투성이였다.

아이들은 제대로 된 길을 가야 했다. 가축에게 먹일 만다카루 선인장 자르는 법을 알아야 했고, 울타리 수리뿐만 아니라 사나운 짐승을 길들일 줄도 알아야 했다. 그들은 단단해져야 했고, 아르마딜로가 되어야 했다. 무딘 피부를 가지지 않으면, 아이들은 제분소의 토마스 씨와 같은 종말을 맞이할 것이다. 가엾은 사람. 그렇게 많은 책과 신문을 읽은 것이 다 무슨 소용이란 말인가? 그는 약한 위와 약한 다리 탓에 죽었다.

언젠가는…… 그래, 가뭄이 끝나고 모든 것이 제대로 돌아가면…… 가뭄이 끝나면 정말 모든 것이 제대로 돌아갈까? 알 수가 없었다. 제분소의 토마스 씨는 그것에 관해 읽었을지도 몰랐다. 이 위험에서 벗어날 수 있다면, 아이들은 말하고, 묻고, 하고 싶은 것을 실컷 할 수 있을 것이다. 지금은 자신들과 같은 사람들처럼 행동해야 할 의무가 있었다.

파비아누는 안뜰에 도착했고, 검은 지붕의 낮고 어두운 집이 눈에 들어왔다. 그는 주아 대추나무를 지나 죽은 뱀들을 내다 버린 돌무지와 소달구지가 놓인 안뜰을 가로질러 집으로 향했다. 하얗고 매끄러운 바닥을 치는 아이들의 샌들 소리가 들렸다. 강아지 발레이아는 입을 벌린 채 헐떡이며 달려왔다.

이 시간쯤이면 비토리아 어멈은 나뭇잎 무늬 치맛자락을 허벅지 사이에 끼고 부엌 화로 옆에 쪼그리고 앉아 저녁을 준비하고 있을 것이다. 파비아누는 배가 고팠다. 밥을 먹고 나서 비토리아 어멈과 아이들의 교육에 대해 이야기할 생각이었다.

감옥

파비아누는 시내에 있는 시장에 식료품을 사러 갔다. 소금과 밀가루, 콩, 하파두라 엿이 필요했다. 비토리아 어멈은 그외에 등유 한 병과 빨간색 옥양목 천도 사다달라고 했다. 그러나 이나시우 씨의 등유에는 물이 섞여 있었고, 옥양목 견본 천은 너무 비쌌다.

파비아누는 상점들을 돌며 천을 고르고, 가격을 흥정하며 천 한 자당 단돈 몇 푼이라도 아껴보려 했다. 그는 속임수에 당할까봐 조심스럽게 행동했다. 주저하며 가게 이곳저곳을 배회했다. 그에게는 오랜 불신에서 비롯된 주저하는 몸짓이 배어 있었다. 그렇게 망설이다 오후가 되어서야 천값을 지불하기 위해 돈을 꺼내 들었지만, 점원이 가격과 단위를 속이고 있다는 생각을 떨쳐버릴 수 없어 또다시 주저하기 시작했다.

파비아누는 손수건 끝에 지폐를 묶어 호주머니에 다시 넣은 뒤 이나시우 씨가 운영하는 선술집으로 향했다. 그곳에 그의 장 보따리가 보관되어 있었다.

그곳에서 파비아누는 다시 한번 등유에 물을 섞었을 것이라고 확신했다. 더위에 지친 파비아누는 카샤사 한 잔을 마시기로 했다. 이나시우 씨가 카샤사 술병을 가져왔다. 파비아누는 잔을 들어 한숨에 다 들이켠 뒤 침을 뱉고 소매로 입가를 닦았다. 그는 얼굴을 찡그렸다. 카샤사에 물이 섞여 있는 게 분명했다. 이나시우 씨는 왜 모든 것에 물을 섞는 것일까? 그는 속으로 생각했다. 파비아누는 용기를 내 선술집 주인에게 직접 물었다.

"왜 죄다 물을 넣는 거요?"

이나시우 씨는 못 들은 척했다. 그러자 파비아누는 말을 나눌 요량으로 인도에 앉았다. 그의 어휘는 그렇게 풍부하지 않았지만, 말을 나누며 제분소의 토마스 씨가 사용하던 몇몇 표현을 가져다 썼다. 불쌍한 토마스 씨. 어떻게 그렇게 정직한 사람이 아무개 따위처럼 등에 보따리를 짊어진 채 세상을 배회하다 사라질 수 있단 말인가. 토마스 씨는 존경받는 사람이었고 투표권도 있었다. 누가 그런 일이 일어날 줄 알았겠는가?

그때 노란 제복의 한 군인이 다가와 친근하게 파비아누의 어깨를 치며 말했다.

"어이, 형씨, 어떻소? 안에서 카드 한판 치실 테요?"

파비아누는 제복을 조심스럽게 응시하며 말을 더듬었다. 제분소의 토마스 씨가 쓰던 단어를 생각해내려 애썼다.

"그런 건 가도 그만, 안 가도 그만이긴 한데. 제 말은, 결론적으로는, 어쨌든, 그렇다는 겁니다."

파비아누는 자리에서 일어나 노란 제복의 군인 뒤를 따라갔다. 군인은 권한이 있었고 명령할 수 있었다. 파비아누는 항상 복종해왔다. 그에게는 힘과 용기가 있었지만, 깊게 생각하지 않았고 별로 바라는 것도 없었기에 복종했다.

그들은 선술집을 가로질러 복도를 지나 여러 사람이 자리를 깔고 카드를 치고 있던 방으로 들어갔다.

"자리 좀 비켜봐." 군인이 말했다. "여기 사람이 왔잖아."

노름꾼들은 자리를 좁혀 앉았고, 두 사람도 자리를 잡고 앉았다. 노란 제복의 군인이 카드를 집었다. 그러나 운은 쉽사리 찾아오지 않았고 얼마 지나지 않아 판마다 꼬이기 시작했다. 파비아누도 판돈을 모두 잃었다. 비토리아 어멈이 불같이 화를 낼 게 뻔했다.

"꼴좋군."

파비아누는 화를 내며 일어났고, 골이 잔뜩 난 표정으로 노름판을 나갔다.

"기다려, 시골뜨기!" 노란 제복의 군인이 외쳤다.

귀까지 붉어진 파비아누는 돌아보지 않았다. 이나시우 씨에게서 자신이 맡겨둔 짐 보따리를 찾아 재킷을 입고 어깨에 보따리 끈을 걸쳐 멘 뒤 길을 나섰다.

파비아누는 집으로 돌아갈 엄두가 나지 않아 광장의 자토바 옻나무 아래에서 그릇 가게 히타 아주머니에게 신세 한탄을 늘어놓았다. 비토리아 어멈에게 어떤 변명을 해야 한단 말인가? 그는 복잡한 변명을 늘어놓을 작정이었다. 천 꾸러미는 잃어버렸고, 그릇 가게 히타 아주머니를 위해 약방에서 약을 사드렸다고 할 생각이었다. 그는 혼란스러웠다. 상상력이 부족했고 거짓말하는 법을 몰랐다. 그가 꾸며내는 모든 이야기에는 항상 히타 아주머니가 있었고, 그는 그것이 마음에 들지 않았다. 그녀가 나오지 않는 이야기를 꾸며낼 것이다. 천을 살 돈을 훔쳐 갔다고 말할 생각이었다. 사실이 아닌가? 노름꾼들이 노름판에서 그를 속였다. 하지만 그는 노름에 대해 언급해서는 안 된다. 그냥 호주머니에 있던 돈뭉치를 잃어버렸다고 말할 것이다. 이렇게 말할 것이다. "먹거리를 사고 이나시우 씨네 선술집에 재킷과 짐 보따리를 맡겼어. 그런데 노란 제복의 군인을 만난 거야." 아니, 그는 아무도 만나지 않았다. 다시 혼란스러워졌다. 파비아누는 군인을 어릴 적부터 알고 지낸 오랜 친구라고 언급하고 싶었다. 아내는 그의 말에 기분이 상할 것이다. 어쩌면 언짢아하지 않을지도 모른다. 아내는 똑똑하기 때문에 그의 거짓말을 알아차릴 수도 있었다. 그렇게 되면 끝이다. 이나시우 씨의 가게에서 주머니에 있던 돈이 사라졌다. 그 편이 자연스러웠다.

파비아누가 그 편이 자연스럽다는 말을 반복해서 읊조리고 있을 때 누군가가 그를 밀쳐 자토바 옻나무에 부딪혔다. 장터는 끝나가고 있었고 어둑어둑 땅거미가 지고 있었다. 가로등지기가 사다리에 올라가 램프를 켰다. 교회 탑 위로 금성이 밝게 빛났다. 판사는 약방 문 앞으로 가서 사람들을 모아놓고 일장 연설을 펼칠 참이었다. 시청 수금원이 절뚝거리며 영수증을 겨드랑이에 낀 채 지나갔다. 쓰레기 수거용 수레는 광장을 돌며 과일 껍질을 줍고 있었다. 교구 목사는 집을 나서며 이슬을 피하기 위해 우산을 폈고, 그릇 가게 히타 아주머니는 자리를 떴다.

파비아누는 몸이 떨렸다. 집에 도착할 때면 이미 어두울 것이다. 카샤사에 취해 악마 같은 노름에 빠져 시간이 가는 줄 몰랐다. 게다가 등유는 사지도 못했다. 불을 밝히려면 일주일 내내 파셰이루 선인장 조각에 의지해야 했다. 파비아누는 길을 나서기 위해 몸을 추슬렀다. 바로 그때 누군가 또다시 그를 밀쳐 균형을 잃었다. 돌아보니 노란 제복의 군인이 옆에서 도전적인 눈빛으로 그를 바라보고 있었다. 이마를 찌푸린 군인은 얼굴이 상기되어 있었다. 파비아누는 군인의 면전에 자신의 가죽 모자를 흔들어대기 시작했다. 제대로 된 가죽 모자 한 방이면 그 작은 놈은 진흙 바닥에 나뒹굴게 될 것이다. 파비아누는 주변을 둘러보았고 사람들이 보이자 화를 누그러 트렸다. 카칭가였다면 마음껏 실력을 뽐낼 수 있었겠지만 시내 거리에서는 위축되었다.

"왜 조용히 있는 사람을 건드리는 거요."

"물러서!" 군인이 외쳤다.

그러고는 파비아누가 작별 인사도 없이 선술집을 떠났다며 욕을 해댔다.

"헛소리하고 있네." 세르탕의 오지인은 더듬대며 대답했다. "당신이 노름에서 돈을 다 잃은 게 내 잘못이오?"

목이 메었다. 군인은 잠시 그의 주변을 맴돌며 문제로 삼을 만한 것을 찾아내려고 했다. 하지만 별다른 구실을 찾지 못하 자 가까이 다가가 군화 굽으로 소몰이꾼의 발을 세게 밟았다.

"이게 무슨 짓이오, 젊은이." 파비아누가 항의했다. "나는 조 용히 있었을 뿐이오. 사람 발의 살갗이 얼마나 여리디여린데."

군인은 계속해서 세게 짓눌렀다. 인내심을 잃은 파비아누 는 그의 어머니를 욕했다. 그러자 노란 제복의 군인은 휘파람 을 불었고, 잠시 후 시내에 있던 분견대가 자토바 옻나무를 에워쌌다.

"앞으로 가!" 하사가 외쳤다.

파비아누는 어디로 끌려가는지도 모른 채 앞을 향해 걸었고 감옥에 들어갔다. 그는 자신에게 적용된 무시무시한 혐의 내용을 들었지만, 이해하지 못해 부인하지 않았다.

"알았어." 하사가 말했다. "무릎 꿇어, 이 시골뜨기야."

파비아누는 무릎을 꿇었고, 마체테 칼날이 반복적으로 그의 가슴과 등을 내리쳤다. 그들은 문을 열어 어두컴컴한 철창 안으로 그를 밀어 넣었다. 철커덩하는 열쇠 소리와 함께 자물쇠가 채워졌고, 파비아누는 어리둥절해하며 자리를 털고 일어서다 이내 몸이 휘청거려 구석에 주저앉았다. 파비아누는 분해서 숨을 식식댔다.

"흠! 흠!"

왜 자신을 가둔 것인지 알 수가 없었다. 그렇다. 그는 착한 사람이었고, 감옥살이를 해본 적도 없었다. 갑자기 이유 없는 소동이 일어났다. 그는 너무 혼란스러워서 자신에게 닥친 불행을 믿을 수 없었다. 마치 불량배들처럼 모두 갑작스럽게 그를 공격했다. 그런 식으로는 어떤 사람도 저항할 수 없었다.

"괜찮아, 괜찮아."

손으로 가슴과 등을 만져보았다. 몸을 다친 것 같았다. 그의 푸른 눈이 고양이 눈처럼 빛났다. 그들이 진짜 그를 때리고 철창에 가둔 것이다. 그러나 그것은 도저히 이해할 수 없는 너무나 이상한 일이었기 때문에 얼마 지나지 않아 그는 부상을 입었는데도 머리를 흔들며 다시 의심했다.

그래, 노란 제복의 군인…… 그랬다. 노란 제복의 군인이 있었다. 그는 파비아누가 한 대만 쳐도 부서질 것처럼 보이는 부실한 놈이었다. 파비아누가 그를 때려눕히지 않은 것은 명령을 내리는 사람들 때문이었다. 파비아누는 경멸 어린 눈빛으로 침을 뱉었다.

"더러운 자식, 약해빠진 놈, 쓰레기 같은 새끼."

그런 말종 같은 자식 때문에 한 가정의 가장을 철창에 가두다니. 그는 아내와 아이들, 그리고 강아지를 생각했다. 기어서 바닥에 내팽개쳐진 보따리를 찾았고, 장에서 산 물건들이 다 있는지 확인했다. 경황이 없어 무언가 잃어버린 것이 있을 수 있었다. 그는 마지막 가게에서 본 천이 생각났다. 아름답고 풍성하며 폭이 넓은 붉은색 바탕의 나뭇잎 무늬 천이었다. 비토리아 어멈이 원하던 바로 그 천이었다. 천 한 자당 고작 몇 푼을 아끼려다가 그런 사달이 난 것이다. 파비아누는 다시 보따리를 만졌다. 비토리아 어멈은 그의 귀가가 늦어져 걱정하고 있을 것이 뻔했다. 집이 어두워 아이들은 불 주위에 모여 있을 테고, 강아지 발레이아는 주변을 살피며 지키고 있을 것이다. 앞문은 분명 빗장을 걸어 잠갔을 터였다.

파비아누는 다리를 펴고 아픈 몸을 벽에 기댔다. 그에게 시간을 줬다면, 모든 걸 제대로 설명했을 터였다. 전혀 예기치 못한 일이었던 탓에 당황했던 것이다. 누가 그런 참담한 일에 당황하지 않을 수 있겠는가? 그가 자신을 해치고자 한 것이라고는 생각하고 싶지 않았다. 무언가 오해가 있던 것이었으리라. 아마 그 노란 제복의 군인이 그를 다른 사람과 혼동했던 것인지도 모른다. 그것밖에는 설명할 길이 없었다.

도대체 왜 어떤 무례한 이들은 화를 내고, 하찮은 카브라 따위를 철창에 가둬 때리기까지 하는 걸까? 파비아누는 그것이 당연한 일이라는 사실을 잘 알았고, 모든 폭력과 불의에 익숙해져 있었다. 게다가 형틀에 손발이 묶인 채 며칠 밤을 지새우거나 채찍질을 당하는 지인들에게 위로까지 건네곤 했다. "참아요. 정부에게 얻어맞는 건 부끄러운 일이 아니에요."

그러나 지금은 이를 갈며 숨을 고르고 있었다. 그가 벌받을 짓을 했던가?

"신이시여!"

아무리 노력해도 그 노란 제복의 군인이 정부라는 것을 받아들일 수 없었다. 정부는 먼 곳에 있는 완벽한 존재로 실수할 리 없었다. 그 노란 제복의 군인은 철창 너머 바로 그 근처에 있었고, 약해빠진 나쁜 사람이었다. 그는 세르탕 사람들과 노름판에서 노름을 한 뒤 그들을 자극했다. 정부는 그런 어마어마하게 나쁜 짓을 허용할 리 없었다.

그렇다면 노란 제복의 군인들은 무슨 역할을 하는 걸까? 파비아누는 벽을 발로 차며 분노에 휩싸여 소리쳤다. 노란 제복의 군인들은 무슨 역할을 하는 걸까? 다른 죄수들이 움찔했고, 간수가 철창으로 다가왔다. 그제야 파비아누는 진정했다.

"괜찮아요. 좋습니다. 아무 문제 없어요."

많은 문제가 있었다. 그는 설명할 수 없었지만, 문제가 있었다. 책을 읽고 사리 분별을 할 줄 알았던 제분소의 토마스 씨에게 물었다면, 그는 설명했을 것이다. 그러나 그, 파비아누는 무지한 사람이었기에 아무런 설명도 할 수 없었다. 그는 단지 비토리아 어멈 곁에 돌아가서 나무살로 만든 침대에 눕고 싶을 뿐이었다. 왜 그들은 그저 쉬고 싶은 사람을 건드렸던 것일까? 다른 사람을 건드렸어야 했다.

"맙소사!"

모든 것이 잘못되어 있었다.

"맙소사!"

그들에게 정말로 용기가 있는 것일까? 파비아누는 카칭가에서 노란 제복의 군인이 캉가세이루●에게 덤벼드는 모습을 상상했다. 정말 웃겼다. 상대도 안 될 것이 뻔했다.

● 19세기 중반부터 20세기 초까지 브라질 북동부 지역에서 활동했던 의적을 지칭하는 말이다.

파비아누는 낡은 집과 부엌, 돌을 괴어 만든 화로에서 지지 직대며 끓고 있을 솥을 떠올렸다. 비토리아 어멈은 음식에 소금을 넣었다. 파비아누는 다시 보따리를 열었다. 소금 꾸러미는 잃어버리지 않았다. 다행이었다. 비토리아 어멈은 코코넛 껍질로 국물의 간을 보았다. 그러자 파비아누는 아내와 아이들, 그리고 강아지 발레이아가 걱정됐다. 발레이아는 가족이나 마찬가지였고 사람처럼 영리했다. 그 지난했던 이주 중, 가혹한 가뭄이 이어지던 시기에, 모두가 굶주림에 죽어가고 있을 때, 그 암캐는 그들에게 기니피그 한 마리를 물어다 주었다. 암캐는 늙어가고 있었다. 불쌍한 녀석. 비토리아 어멈은 분명히 여러 차례 앞문을 들여다보았을 것이다. 수탉이 날개를 퍼덕이고 돼지들이 우리에서 울어대면 소 방울 소리가 딸랑딸랑 울려 퍼질 것이다.

그 일만 아니었더라면⋯⋯ 맙소사! 내가 무슨 생각을 하고 있는 거지? 그는 철창 너머로 거리를 바라봤다. 이런, 아예 깜깜해졌잖아! 모퉁이의 가로등이 꺼져 있었다. 아마도 가로등 지기가 등유를 반밖에 넣지 않았을 것이다.

불쌍한 비토리아 어멈은 어둠 속에서 괴로워하며 걱정에 차 있을 것이다. 아이들은 불 가까이에 앉아 있고, 솥은 돌화로에서 지지직대며 끓고 있을 것이다. 발레이아는 조심스럽게 주변을 살피고, 나뭇잎으로 만든 램프는 벽에 걸린 막대기 끝에 매달려 있을 것이다.

　파비아누는 그런 비참한 상황 속에서도 피곤에 지치고 상처가 심했던 탓에 막 잠이 들려고 했다. 술 취한 어떤 남자가 큰소리로 주정을 늘어놓았고 몇몇 남자는 장작불 주변에 웅크려 불을 쬐고 있었다. 불에서 피어오르는 매캐한 연기가 감옥 안을 가득 메웠다. 그들은 젖은 장작을 탓하며 언쟁을 벌이고 있었다.

　파비아누는 졸았다. 그의 무거운 머리가 가슴 쪽으로 기울어졌다가 다시 위로 향했다. 이나시우 씨에게 등유를 샀어야 했다. 그의 아내와 아이들이 눈을 찌르는 연기를 참아내고 있었다.

　파비아누는 깜짝 놀라 잠에서 깼다. 사람들을 혼동해서 헛소리를 지껄이고 있었던 것이 아닌가? 아마도 카샤사 탓이었을 것이다. 그럴 리 없었다. 그는 고작 네 손가락 정도의 한 컵을 마셨을 뿐이다. 그에게 시간을 줬다면, 무슨 일이 있었던 것인지 설명했을 것이다.

　주정뱅이의 앞뒤가 맞지 않는 말을 들으며, 파비아누는 머릿속이 혼란스러워 괴로워졌다. 그도 무의미한 말을 하고, 별 생각 없이 말했다. 하지만 정작 그와 비교하고 있는 자신의 모습에는 화가 났다. 파비아누는 분을 못 이겨 벽에 머리를 박았다. 그는 무지했다. 그랬다. 교육을 받아본 적도 없었으며, 자신의 생각을 설명할 줄도 몰랐다. 그 때문에 갇혀 있는 것일까? 어떻게 그럴 수 있단 말인가? 그렇다면 말을 제대로 할 줄 모르는 사람은 감옥에 집어넣어야 한다는 것인가? 무지한 것이 무슨 잘못이란 말인가? 그는 노예처럼 일하며 살아왔다. 물길을 찾아 흙을 파내고 울타리를 손질하며 동물들을 보살폈을 뿐만 아니라 보잘것없는 농장 안팎을 구석구석 쓸고 닦았다. 보다시피 모든 것이 잘 정돈되어 있었다. 그가 무지한 것이 그의 잘못일까? 누구의 잘못이란 말인가?

그것이 아니라면…… 그는 정말 모른다. 생각의 실타래가 점점 자라 두꺼워졌다. 그리고 이내 끊어져버렸다. 생각하는 것은 어려웠다. 그는 짐승들만 보고 살아왔다……. 학교라는 것을 본 적이 없었다. 그래서 자신을 방어할 줄 몰랐고, 물건을 제자리에 놓을 줄도 몰랐다. 그 이야기의 악마가 머릿속에 들어왔다가 나갔다. 그것은 그리스도교인을 미치게 만들기에 충분했다. 그가 교육만 받았더라도 그 상황을 이해할 방법을 찾을 수 있었을 것이다. 하지만 모두 부질없는 말에 불과했다. 그는 오로지 짐승을 다루는 방법밖에 몰랐다.

결론적으로는, 어쨌든…… 토마스 씨는 설명을 해주었을 것이다. 그에게 물었다면. 제분소의 토마스 씨는 좋은 사람이었고, 배운 사람이었다. 우리 각자는 하느님이 만들어낸 형상 그대로 살아가는 것이다. 그, 파비아누는 바로 그런 무지한 존재였다.

그가 원하는 것은…… 맙소사! 잊어버렸다. 지금 그는 굶주림에 허덕이던 세르탕에서의 피난길을 떠올리고 있었다. 아이들의 다리는 레이스 뜨개용 보빈처럼 얇았고, 비토리아 어멈은 짐을 실은 트렁크를 머리에 인 채 휘청거렸다. 강가에서 그들은 말을 할 줄 모른다는 이유로 앵무새를 잡아먹었다. 살기 위해서였다.

파비아누 역시 말을 할 줄 몰랐다. 간간이 그는 이름을 빙빙 돌려 말하거나 뒤죽박죽 말하곤 했다. 파비아누는 모든 것이 헛소리에 불과하다는 걸 잘 알았다. 하지만 그 안에 담긴 것을 정리할 수는 없었다. 만약 할 수 있다면…… 아! 할 수 있다면, 그는 무해한 이에게 해를 가하는 노란 제복의 군인들을 공격했을 것이다.

그는 머리를 쥐어박고는 양손으로 감싸 안았다. 그 불 주변에 앉아 있는 사람들은 무엇을 하고 있었던 것일까? 그 술 취한 사람이 미친 사람처럼 고래고래 외치고 있던 말은 무엇이었을까? 파비아누는 외치고 싶었다. 그들이 쓸모없는 존재들이라고 큰 소리로 알리고 싶었다. 가느다란 목소리가 들려왔다. 여자 감옥에서 누군가가 울면서 벼룩에게 저주를 퍼붓고 있었다. 아무에게나 몸을 파는 여인이 분명했다. 그 여자도 쓸모없는 존재였다. 파비아누는 온 도시에 외치고 싶었다. 판사, 경찰서장, 교구 목사, 시청 수금원들에게 그 안의 모든 사람이 아무런 쓸모없는 존재라고 말하고 싶었다. 그 자신을 비롯해 불 주변에 웅크리고 앉아 있는 남자들, 술에 취한 사람, 벼룩에 시달리는 여자, 그 모두가 한심했다. 단지 마체테 칼날을 견뎌낼 줄만 알았다. 바로 그것이 그가 하고 싶었던 말이었다.

그리고 간혹 그의 영혼을 드나드는 혼불도 있었다. 그랬다. 그런 것이 있었다. 그것은 대체 무엇이었을까? 그는 휴식이 필요했다. 이마가 아팠다. 아마도 마체테 손잡이에 부딪힌 탓일 것이다. 머리 전체에서 통증이 느껴졌다. 마치 안에서 불길이 타오르는 것 같았고, 솥이 머릿속에서 끓는 것 같았다.

불쌍한 비토리아 어멈은 불안해하며 아이들을 달래고 있을 것이다. 발레이아는 화로 주변에서 경계를 서고 있을 것이다. 그들이 없었다면…….

그제야 파비아누는 머릿속을 정리할 수 있었다. 그를 붙잡고 있는 것은 가족이었다. 송아지가 말뚝에 묶여 뜨거운 편자를 참고 달 듯 그는 가족에게 매여 있었다. 그것만 아니라면, 노란 제복의 군인은 그의 발을 절대 밟지 못했을 것이다. 아내와 아이들을 생각하자 그의 몸에 힘이 빠졌다. 그 무거운 멍에만 없었더라면, 결코 허리를 굽히지 않았을 것이다. 표범처럼 그곳에서 빠져나가 어리석은 짓을 저질렀을 것이다. 소

총을 가져가 노란 제복의 군인을 쏴버렸을 것이다. 아니다. 노란 제복의 군인은 손등으로도 때릴 가치가 없는 하찮은 존재였다. 그에게 명령을 내리는 윗사람들을 죽였을 것이다. 캉가세이루 무리에 들어가 노란 제복의 군인을 통솔하는 사람들을 싹쓸이해버렸을 것이다. 그 가족들까지 씨를 말리려 했을 것이다. 이것이 바로 그의 머릿속에 끓어오르는 생각이었다. 하지만 아내가 있었고, 아이들이 있었고, 강아지가 있었다.

파비아누는 고함을 질렀다. 그 소리에 술 취한 남자를 비롯해 장작불에 부채질을 하고 있던 이들, 교도소 간수, 그리고 벼룩 때문에 불평하던 여인까지 놀랐다. 그의 목에는 그 멍에가 드리워 있었다. 그들을 계속 끌고 가야만 하는 것일까? 비토리아 어멈은 나무살 침대에서 잠도 제대로 못 잤다. 아이들은 아버지처럼 아둔했다. 그 아이들도 크면, 보이지 않는 주인의 소를 돌보며 노란 제복의 군인에게 짓밟히고, 천대받고, 상처받게 될 것이다.

비토리아 어멈

　돌화로 옆에 웅크리고 앉아 있던 비토리아 어멈은 나뭇잎 무늬의 치마를 허벅지 사이에 낀 채 불씨에 입김을 불어 넣었다. 불씨에서 먼지구름이 피어올라 어멈의 얼굴을 뒤덮었고, 연기가 눈을 찔렀다. 흰색과 파란색 구슬로 된 묵주가 어멈의 망토에서 떨어져 솥에 부딪혔다. 비토리아 어멈은 손등으로 눈물을 훔치며 눈을 찡그렸다. 묵주를 가슴에 쑤셔 넣은 채 볼을 한껏 부풀려 불씨에 계속해서 강한 입김을 불었다.
　불길이 안지쿠 아카시나무 장작에 닿았다가 잦아들었지만, 이내 다시 솟아올라 돌 사이로 번졌다. 비토리아 어멈은 등을 곧게 편 채 연신 부채를 부쳤다. 불꽃 속에서 불씨가 튀면서 온기에 의지해 몸을 둥글게 만 채 음식 냄새에 취해 잠들어 있던 강아지 발레이아를 환하게 비추었다.

나뭇가지 튀는 소리와 공기의 움직임을 느낀 발레이아가 잠에서 깼다. 털에 불이 붙을까봐 조심스럽게 뒤로 물러나더니, 바닥에 닿기도 전에 사라지는 붉고 작은 별들에 놀라서 눈을 떼지 못했다. 발레이아는 연신 꼬리를 흔들어댔고, 주인에게 자신이 즐거워하는 모습을 보여주고 싶었다. 발레이아는 깡충깡충 뛰어 주인에게 다가가 헥헥대며 사람처럼 뒷다리로 일어섰다. 하지만 비토리아 어멈은 칭찬 따위는 안중에도 없었다.

"저리 가!"

어멈은 강아지를 발로 찼고, 멋쩍어진 발레이아는 서운한 기색을 감추지 못한 채 물러났다.

비토리아 어멈은 그날 아침부터 기분이 좋지 않았다. 별다른 이유 없이 남편에게 나무살 침대에 대해 불만을 토로했다. 파비아누는 그런 철없는 말을 듣게 되리라고는 생각지도 못했기 때문에 퉁명스럽게 "음! 음!" 하고 말았다. 그는 여자라는 동물은 정말로 이해하기 힘들다고 생각하며 해먹에 누워 잠이 들었다. 비토리아 어멈은 감정을 해소할 만한 곳을 찾아 집 안 이곳저곳을 쑤시고 다녔다. 그러나 모든 것이 정돈되어 있어 건드릴 곳이 없자, 그저 삶에 대한 불만을 토로한 것 뿐이었다. 그리고 지금 어멈은 발레이아를 발로 차며 화풀이를 한 것이다.

비토리아 어멈은 부엌의 낮은 창문에 다가가 물웅덩이에서 진흙투성이가 되어 놀고 있는 아이들을 보았다. 아이들은 진흙으로 만든 소를 예루살렘 가시나무 아래로 드는 햇빛에 말리고 있었다. 아이들을 야단칠 만한 이유를 찾지 못했다. 어멈은 다시 나무살 침대를 떠올렸고, 마음속으로 파비아누를 원망했다. 그들은 그 침대에 누워 잠을 청했고 그 생활이 익숙하긴 했지만, 다른 사람들처럼 가죽 침대에서 잠을 자는 것이 더 좋을 것 같은 생각이 들었다.

비토리아 어멈은 남편에게 그 이야기를 1년 넘게 하고 있었다. 처음에는 파비아누도 아내의 말에 동의했지만, 계산을 해보니 비용이 엄두가 나지 않았다. 가죽을 구매하는 것뿐만 아니라 침대 틀을 짜는 데만도 비용이 만만치 않았다. 그래도 옷과 등유 비용을 아끼면 필요한 가구를 구입할 수 있을 것 같았다. 비토리아 어멈은 그것은 안 된다고 했다. 왜냐하면 제대로 된 입을 만한 옷이 없을 뿐 아니라 아이들을 제대로 입히지 못해 벌거벗은 채로 돌아다니게 둘 수는 없으며, 모두 해 질 무렵에나 집으로 돌아온다는 것이었다. 그러나 사실 집에서는 램프를 잘 켜지도 않았다. 논의 끝에 부부는 다른 지출을 줄여보려고 했다. 결국 합의점을 찾지 못하자 비토리아 어멈은 남편이 장에 가서 노름과 카샤사에 돈을 낭비한 것을 신랄하게 비난했다. 상처받은 파비아누는 아내가 축제 때 신는 비싸기만 한 무용지물의 에나멜 신발을 공격했다. 그 신발을 신으면 아내는 걸을 때 비틀거리며 앵무새처럼 움직였다. 정말로 우스꽝스러웠다. 비토리아 어멈은 남편의 비유에 기분이 크게 상했고, 파비아누에 대한 존경심이 없었다면 하마터면 더 심한 말을 쏟아낼 뻔했다. 사실 그 신발은 어멈의 발가락을 꽉 죄어 발에 물집이 잡혔다. 걸을 때 균형을 잘 잡지 못했고, 반 뼘 정도의 굽 위에서 비틀거리며 절뚝거리기까지 했다. 분명 우스꽝스럽게 보였을 테지만 파비아누의 말은 어멈을 매우 슬프게 했다.

구름이 걷히고 불쾌한 기분이 사그라지자 다시 침대가 어멈의 좁은 시야에 들어왔다.

이제는 침대가 기분 나빴다. 무언가 닿을 수 없는 것처럼 느껴졌고, 집안일과 섞어서 생각하게 됐다.

비토리아 어멈은 거실로 향했다. 파비아누가 코를 골며 자고 있는 해먹 고리 아래로 빠져나와 벽 선반 장에서 파이프와 연초를 꺼내 들고 테라스로 나갔다. 주홍빛 소의 방울 소리가 강 쪽에서 울려왔다. 주홍빛 소를 치료하는 것을 파비아누가 잊었을 수도 있었다. 비토리아 어멈은 그를 깨워서 물어보려다 넓은 초원을 뒤덮은 시키시키와 만다카루 선인장의 모습에 마음을 빼앗겼다.

뜨겁게 달아오른 대지에서 아지랑이가 피어올랐다. 가뭄이 떠올라 저절로 몸이 움츠러들었다. 비토리아 어멈의 까무잡잡한 얼굴이 생기를 잃더니 검은 눈이 휘둥그레졌다. 가뭄이 현실로 닥쳐올까봐 기억을 떨쳐내려 애썼다. 작은 목소리로 성모송을 읊조렸다. 이내 안정을 되찾은 비토리아 어멈의 시선이 염소 우리의 울타리에 생긴 구멍에 꽂혔다. 두툼한 손바닥으로 연초를 비벼 부숴서 황토 담뱃대에 채워 넣고는 울타리를 손보러 갔다. 울타리를 고치고 돌아온 비토리아 어멈은 집을 한 바퀴 둘러보다 측면 울타리를 넘어 부엌으로 들어갔다.

"아무래도 파비아누가 주홍빛 소를 잊어버린 것 같아."

어멈은 쭈그리고 앉아 불에 부채질을 하며, 숟가락으로 불씨를 떠 담뱃대에 불을 피운 뒤 타르로 가득 찬 대나무 관을 빨기 시작했다. 비토리아 어멈이 창 너머로 뱉은 침이 멀리 마당에 떨어졌다. 다시 침을 뱉을 준비를 했다. 엉뚱하게도 어멈은 그 행동을 침대와 관련지어 생각했다. 침이 마당에 닿으면, 그해가 가기 전에 침대를 사게 될 것 같았다. 침을 입안에 가득 모은 뒤 몸을 내밀어 시도해봤지만, 원하는 결과를 얻지는 못했다. 여러 번 시도했지만 모두 헛수고였다. 침을 뱉느라 목만 바짝 말랐다. 비토리아 어멈은 낙담해서 자리를 털고 일어섰다. 부질없고 바보 같은 짓이었다.

구석에 놓인 삼각 받침대 위의 물 단지 쪽으로 다가가 물을 한 컵 마셨다. 소금기가 섞인 물이었다.

"이런!"

그것은 어멈에게 거의 동시에 두 가지 이미지를 떠올리게 했고, 이 두 이미지는 서로 섞여 중첩되었다. 솥과 물가였다. 비토리아 어멈은 혼란스러워 가운뎃손가락을 이마에 댔다. 무슨 생각을 하고 있었지? 바닥을 집중해서 내려다보며 무언가를 기억해내려 애썼다. 자신의 넓고 평평한 발과 퍼져 있는 발가락이 눈에 들어왔다. 불현듯 두 가지 생각이 다시 떠올랐다. 물가의 물이 말라가고 있었고, 솥에 양념하는 것을 잊고 있었다.

뚜껑을 여는 순간, 어멈의 붉은 얼굴에 뜨거운 증기가 밀려왔다. 음식을 태울 뻔했던 것이 아닌가? 비토리아 어멈은 솥에 물을 부어 코코넛 껍질로 만든 검은 국자로 잘 저었다. 그러고는 국물 맛을 보았다. 맹탕이라 도저히 사람이 먹을 만한 음식으로 느껴지지 않았다. 쇠뿔과 말린 소고기가 저장된 식품 보관용 선반으로 다가가 소금 자루를 열었고, 한 움큼의 소금을 꺼내 솥에 넣었다.

이제 비토리아 어멈은 물가를 생각했다. 그곳에는 동물이 마실 수 없는 어두운 액체가 담겨 있었다. 어멈은 그저 가뭄이 두려울 뿐이었다.

비토리아 어멈은 다시 자신의 편평한 발을 바라보았다. 실제로 어멈은 신발을 신는 것에 익숙하지 않았다. 그러나 파비아누의 조롱 섞인 말이 신경 쓰였다. 앵무새의 발. 맞았다. 틀린 말이 아니었다. 세르탕 사람들은 그렇게 걷는다. 그래도 굳이 그렇게 사람을 무안하게 만들어야 했을까? 어멈은 남편의 비유에 기분이 상했다.

앵무새가 불쌍했다. 앵무새는 양철 트렁크 위의 흔들리는 새장 안에서 어멈과 피난길을 함께했었다. 앵무새는 웅얼거리곤 했다. "나의 앵무새." 이것이 앵무새가 할 줄 아는 유일한 말이었다. 그 외에는 파비아누의 소몰이 흉내를 내거나 발레이아처럼 짖는 게 전부였다. 가여웠다. 비토리아 어멈은 그 일을 기억하고 싶지 않았다. 어멈은 농장에 도착한 후 새로 태어난 사람처럼 예전의 삶을 잊고 있었다. 신발에 관한 언급이 어멈에게 상처가 되어 피난길을 다시 떠올리게 했다. 어멈의 샌들은 돌길에 닳고 닳아 너덜거렸다. 굶주림에 지쳐 죽을 고비를 넘겨가며, 어멈은 작은아이를 둘러업고 트렁크와 앵무새 새장을 머리에 인 채 피난길을 버텨냈다. 파비아누는 나쁜 남자였다.

"불평불만이 많아."

비토리아 어멈은 다시 발을 바라보았다. 앵무새가 불쌍했다. 강가에서 어멈은 가족을 먹이기 위해 그 앵무새를 죽였다. 그때 앵무새는 골이 잔뜩 나 있었고, 진지한 눈동자로 강아지를 응시한 채 축제 날 세르탕 사람들의 모습처럼 뒤뚱대고 있었다. 왜 파비아누는 그 기억을 떠올리게 한 것일까?

어멈은 문으로 다가가 카칭가 관목의 노란 잎을 바라보았다. 한숨을 쉬었다. 하느님이 다시는 그런 재앙을 허락하지 않으시리라. 머리를 내저으며 기분 전환을 할 수 있는 일을 찾았다. 큰 바가지를 들고 습지로 가 닭장에 물을 채워 넣었고, 횃대도 손봐주었다. 그러고는 뒤뜰로 가서 패랭이꽃과 쑥에 물을 준 뒤 눈두덩까지 진흙으로 범벅이 된 아이들을 집으로 데리고 들어갔다. 비토리아 어멈은 아이들을 야단쳤다.

"이 녀석들! 돼지처럼 꼴이 이게 뭐니! 더러운 꼴이 아주……."

어멈은 말을 멈추었다. 아이들이 앵무새처럼 더럽다고 말할 뻔했다.

달아난 아이들은 거실 매트와 선반 아래에서 뒹굴었다. 비토리아 어멈은 다시 화로 옆으로 돌아가 파이프에 불을 붙였다. 솥이 끓기 시작하자 따스하고 희뿌연 바람이 커튼처럼 드리워진 천장의 거미줄을 흔들었다. 발레이아는 식품 보관용 선반 아래에서 이빨로 몸을 긁으며 파리를 잡고 있었다. 파비아누의 드르렁거리는 코골이 소리가 또렷이 들렸고, 규칙적으로 들려오는 그 소리가 비토리아 어멈의 생각에도 영향을 주었다. 파비아누는 불안한 기색 하나 없이 코를 골았다. 어쩌면 위험은 전혀 도사리지 않고, 가뭄은 먼 곳의 이야기일지도 몰랐다.

비토리아 어멈은 자신이 꿈꾸는 가죽으로 만든 침대를 다시 머릿속에 그리기 시작했다. 그러나 그 꿈은 앵무새의 기억과 연결되어 있었고, 어멈은 자신이 꿈꾸는 물건을 따로 떼어 생각하기 위해 부단한 노력을 기울였다.

그곳의 모든 것은 안정적이었고 안심할 수 있었다. 파비아누의 코골이 소리, 불꽃이 튀는 소리, 소 방울 소리, 심지어 파리의 윙윙거리는 소리마저도 어멈에게 확고한 믿음을 안겨주었고 안정을 취하게 해주었다. 평생을 나무살 침대에서 잠을 자야 하는 걸까? 침대 가운데 나무살에 등이 배기는 두꺼운 혹 같은 것이 있었다. 그 때문에 어멈은 한쪽 구석에 쪼그린 채 잤고 남편은 다른 쪽 구석에 붙어 잤다. 침대 중앙에 사지를 뻗고 누울 수가 없었다. 처음에는 신경이 쓰이지 않았다. 기력이 소진되었던 데다 일에 지쳐 못 위에서도 잠들수 있었을 것이다. 그러나 점점 살림이 피기 시작했다. 그들은 잘 먹었고 살이 올랐다. 가진 것은 아무것도 없었다. 피난길에 오른다면 옷과 수발총, 양철 트렁크와 작은 잡동사니만 가져갈 것이다. 그래도 그들은 하느님의 은총에 힘입어 살아가고 있었고 주인은 그들을 신뢰했다. 그들은 거의 행복했다. 부족한 것은 오직 침대뿐이었다. 이것이 바로 비토리아 어멈이 괴로워하는 이유였다. 더 이상 고된 일에 기진맥진하지 않게 되자 밤새 몸을 뒤척이게 된 것이다. 그리고 어둠 속에서 꼼짝

않고 자는 습관은 옳지 않다. 사람이 암탉은 아니기 때문이다.

그 순간 비토리아 어멈의 생각은 다른 방향으로 향했고, 곧 첫 번째 생각에 도달했다. 여우가 점박이 암탉을 잡아먹은 게 아닐까? 하필이면 가장 통통한 그 점박이 암탉을 말이다. 어멈은 횃대 근처에 덫을 설치하기로 했다. 화가 났다. 여우는 점박이 암탉을 먹어치운 대가를 치르게 될 것이다.

"도둑놈."

조금씩 화가 다른 곳으로 옮아갔다. 파비아누의 코골이 소리는 견디기 힘들었다. 그처럼 요란하게 코를 고는 사람은 없었다. 일어나서 돌아눕지 못하게 하는, 그 저주받을 나무살을 다른 것으로 교체할 방법을 찾아보았다면 좋았을 것이다. 왜 그 불편한 나무살을 제거할 생각을 하지 않았을까? 비토리아 어멈은 한숨을 내쉬었다. 부부는 결정을 내리지 못했다. 인내심이 필요했다. 차라리 혹 따위는 잊고 제분소 토마스 씨의 것과 똑같은 침대를 꿈꾸는 편이 나았다. 토마스 씨는 목수가 만든 진짜 침대를 가지고 있었다. 수쿠피라 콩나무로 만든 상판은 자귀로 매끄럽게 다듬어져 있고, 침대 틀의 접합 지점은 끌로 홈을 파서 모든 것을 제대로 짜맞춘 침대였다. 침대 위에는 생가죽이 아주 팽팽하게 잘 고정되어 있었다. 그곳에서는 사람이 편안하게 사지를 뻗고 누울 수 있었다.

닭과 새끼 암퇘지를 팔아야 할까? 안타깝게도 그 못된 여우가 가장 통통한 점박이 닭을 먹어버렸다. 여우를 혼내주어야 했다. 횃대 근처에 덫을 설치해서 그 뻔뻔한 놈의 등뼈를 부러뜨릴 것이다.

일어나서 무언가를 찾으러 침실로 갔지만, 도저히 생각이 나지 않는 듯 낙담한 표정으로 다시 돌아왔다. 도대체 정신머리를 어디에 두고 다니는 것일까?

비토리아 어멈은 못마땅한 표정으로 부엌의 낮은 창턱에 앉았다. 닭과 새끼 암퇘지를 팔고 등유를 사지 않기로 결정했다. 파비아누에게 물어보는 것은 쓸데없는 일이었다. 그는 항상 열정적으로 반응하고 계획을 세웠지만, 곧 식어버렸다. 어멈은 남편이 침대를 사자는 생각에 동조한 것에 놀라 이마를 찌푸렸다. 미덥지 않았던 것이다. 비토리아 어멈은 제분소의 토마스 씨가 가진 것과 같은 가죽과 수쿠피라 콩나무로 만들어진 진짜 침대를 원했다.

작은아이

그 생각이 떠오른 것은 파비아누가 갈색빛 암말에 마구를 채우고 길들이기 시작한 오후였다. 정확히는 생각이라기보다 형과 강아지 발레이아를 놀라게 할 무언가 눈에 띄는 행동을 하고 싶다는 막연한 욕망이었다.

그때 파비아누의 모습은 작은아이에게 그야말로 탄성을 자아냈다. 가죽 바지와 조끼, 가슴 보호대를 착용한 그는 세상에서 가장 중요한 존재처럼 보였다. 그의 박차 장식이 안뜰에서 딸그랑거렸고, 뒤로 넘겨 양쪽 끝을 턱 밑 끈으로 고정한 모자는 머리 주변에 큰 원을 그리며 까맣게 탄 그의 얼굴을 더욱 커 보이게 했다.

말에는 안장이 채워져 있었고, 등자는 엉덩이 부분에 고정되어 있었다. 비토리아 어멈은 말의 주둥이를 감싸 안으며 말을 진정시켰다. 소몰이꾼은 뱃대끈을 조인 뒤 천천히 말 주변을 걸으며 마구의 상태를 확인했다. 조급한 기색 하나 없이 몸을 돌려 말의 발차기를 피했다. 암말의 발굽이 그의 가슴 부근을 스쳐 지나가며 가슴 보호대를 긁었다. 곧이어 파비아누는 테라스를 딛고 안장에 훌쩍 뛰어올랐다. 아내가 뒤로 물러섰다. 그러자 그는 카칭가에 한바탕 소용돌이를 일으키며 앞으로 달려 나갔다.

가축우리의 문을 타고 올라간 작은아이는 먼지구름이 임부매실나무를 가릴 때까지 땀에 젖은 손으로 문에 매달려 힘껏 버티며 말이 달려간 곳을 바라보았다. 아이는 기쁨과 두려움에 가득 찬 표정으로 한참을 그대로 있었다. 그러자 어느새 말이 돌아오더니 마치 몸 안에 악마가 들어 있는 것처럼 안뜰에서 미친 듯이 뛰어대기 시작했다. 갑자기 뱃대끈이 끊어지며 마구가 무너져 내렸다. 아이는 외마디 비명을 질렀고, 너무 놀라 문에서 떨어질 뻔했다. 하지만 이내 평정심을 되찾았다. 말에서 떨어진 파비아누가 아무렇지도 않게 서 있었던 것이다. 파비아누는 낙심한 표정으로 비틀거리며 마구를 팔에 짊어졌다. 흥분한 말이 뛰어대는 통에 풀려버린 등자가 서로 부딪쳤고, 박차의 장식이 딸그랑거렸다.

비토리아 어멈은 테라스 벤치에서 평온하게 담배를 피우며 큰아이의 머리 서캐를 골라내고 있었다. 아버지의 훌륭한 말

타기 솜씨에도 아무런 감흥 없이 무관심한 모습에 화가 난 아이는 발레이아를 깨우러 갔다. 발레이아는 붉은 배를 뻔뻔스럽게 드러낸 채 게으름을 피우고 있었다. 강아지는 한쪽 눈을 뜨더니 숯돌에 머리를 기대고는 하품을 하며 다시 잠들었다.

강아지가 멍청하고 이기적이라고 생각한 아이는 골이 잔뜩 나서 강아지 곁을 떠났다. 그러고는 어머니에게 다가가 원피스 소매를 잡아당기며 말을 걸려 했다. 비토리아 어멈은 짜증을 내며 소리를 질렀고, 아이가 계속해서 달라붙자 아이의 머리를 한 대 쥐어박았다.

화가 난 아이가 뒤로 물러나며 현관 기둥에 몸을 기댔다. 아이는 세상 모두가 나쁘고 멍청하다고 생각했다. 아이는 돼지우리로 향했다. 염소들이 음매 하며 울어댔고, 돼지들은 주름진 코를 킁킁대며 냄새를 맡았다. 그 모습이 너무 우스꽝스러워서 발레이아의 이기주의와 비토리아 어멈의 싫은 소리를 금세 잊었다. 하지만 그럴수록 파비아누에 대한 존경심은 점점 커졌다.

아이는 무관심과 타박을 잊었고, 진심에서 우러나온 열정이 그의 작은 영혼을 가득 채웠다. 아버지가 무서웠는데도 천천히 아버지에게 다가가 바지에 얼굴을 비벼대며 조끼의 양쪽 끝을 만져보았다. 그의 바지, 조끼, 가슴 보호대, 박차, 그리고 모자에 달린 줄까지 모두 아이를 매료시켰다.

파비아누는 무심하게 아이를 지나쳐 방으로 들어가 장비를 벗었다.

소년은 매트 위에 뒹굴며 눈을 감았다. 파비아누는 무서웠다. 가죽옷을 벗은 땅 위에서는 왜소한 몸집의 사내였지만, 갈색빛 암말 위에 올라타 있을 때는 무서웠다.

아이는 잠들었고 꿈을 꾸었다. 강한 바람에 임부 매실나무 잎사귀가 먼지에 휩싸였고, 비토리아 어멈은 큰아이의 머리에서 이를 잡고 있었다. 발레이아는 숫돌에 머리를 기댄 채 쉬고 있었다.

다음 날 꿈속의 이미지들은 완전히 사라졌다. 안뜰 끝자락의 주아 대추나무가 어둡게 보였고, 다른 나무들과 어울리지 않았다. 무슨 일일까?

아이는 염소 우리에 가까이 다가갔다. 늙은 숫염소가 콧구멍을 벌름대며 기묘한 소리를 내고 있었다. 아이는 전날의 사건을 떠올렸다. 주아 대추나무 쪽으로 걸으며 몸을 굽힌 채 갈색빛 암말의 발자국을 쫓았다.

점심시간에 비토리아 어멈은 아이를 꾸짖었다.

"이 녀석이 정신을 어디다 팔고 다니는 거야."

아이는 일어나서 부엌을 나왔고, 거실 한쪽에 걸려 있는 가죽 바지와 가슴 보호대, 조끼를 한동안 바라보았다. 그러고는 곧장 염소 우리로 향했다. 그렇게 그의 계획이 탄생했다.

아이는 일단 계획을 실행하기 전에 누군가와 이야기를 나누어보려 했으나, 자신이 무슨 말을 하려고 하는지 알 수 없었다. 갈색빛 암말과 숫염소가 헷갈렸고, 그 자신과 아버지도 혼동했다.

아이는 파비아누를 흉내 내며 독수리처럼 염소 우리 주변을 맴돌았다.

형의 의견을 물어볼까 하는 생각이 들었다가 사라졌다. 형은 자신을 비웃고, 조롱하고, 비토리아 어멈에게 고자질할 것이 뻔했다. 아이는 비웃음과 조롱이 두려웠다. 그 이야기를 하면 비토리아 어멈이 아이의 귀를 사정없이 잡아 비틀 것이다.

물론 아이는 파비아누가 아니었다. 그렇지만 만약 파비아누라면 어떨까? 자신이 파비아누가 될 수 있다는 것을 보여주어야 했다. 이야기를 하게 되면, 어쩌면 설명할 수 있을지도 몰랐다.

아이는 형과 발레이아가 암염소들을 물가로 데려갈 때까지 주변을 배회했다. 우리의 문이 열렸고, 고약한 냄새가 주변에 흩어지며 염소 방울 소리가 울려 퍼졌다. 면 셔츠 바람의 아이는 안뜰을 가로질러 죽은 뱀들이 던져진 돌무지를 돌아 주아 대추나무를 지나갔다. 아이는 산비탈을 내려가 강가에 도착했다.

이제 암염소들은 뿔을 부딪치고 서로 밀치며 물에 주둥이를 담그느라 바빴다. 발레이아는 염소 떼가 길을 잃지 않도록 주위를 뛰어다니며 짖어댔다.

작은아이는 언덕길에 올라가 가슴을 졸이며 숫염소가 물가에 도착하기를 기다렸다. 분명 그것은 위험한 일이었지만, 언덕 위에서 바라보니 자신이 다 자라서 파비아누로 변할 수 있을 것처럼 느껴졌다.

아이는 주저하며 자리에 앉았다. 숫염소는 뛰어오를 테고 아이를 넘어뜨릴 것이다.

자리를 털고 일어나 물가를 벗어났다. 유혹에서 거의 벗어날 무렵, 아이의 눈에 카칭가 관목 위를 날고 있는 한 무리의 앵무새가 들어왔다. 그중 한 마리를 갖고 싶었다. 앵무새를 줄에 묶어 먹이를 주고 싶었다. 앵무새가 모두 지저귀며 사라지자 아이는 슬퍼하며 흰 구름이 가득한 하늘을 바라보았다. 몇몇은 양처럼 보이기도 했지만, 이내 흩어져 다른 동물의 모양이 되었다. 두 개의 큰 구름이 합쳐지는가 싶더니, 하나는 갈색빛 암말의 모습이 되었고 다른 하나는 파비아누의 모습이 되었다.

눈이 부셨다. 아이는 눈을 감고 문지른 뒤 다시 언덕 위로 향했다. 어수선하게 흩어져 있는 염소 떼가 보였고 뿔이 부딪치는 소리가 들렸다. 만약 숫염소가 이미 물을 마셨다면 낭패였다. 아이는 자신의 가느다란 다리와 얼룩지고 해진 셔츠를 살펴보았다. 하늘을 날아다니는 생명체를 봤던 아이는 자신이 보호받고 있다고 생각하며, 신비한 힘이 자신을 지켜줄 것이라 확신했다. 아이는 앵무새처럼 공중에 떠오를 것이다.

아이는 형과 강아지를 불러내기 위해 큰 소리로 염소 울음 소리를 흉내 내기 시작했다. 원하는 결과를 얻지 못하자 아이는 분노했다. 그 둘에게 자신의 용맹함을 과시하고 싶었고, 놀라서 집에 돌아가기를 바랐던 것이다.

바로 그때 숫염소가 다가와서 물에 주둥이를 담갔다. 소년은 언덕에서 뛰어 내려와 염소의 등에 올라탔다.

부드러운 털 속에 팔을 넣어 발목을 잡으려고 시도했지만 미끄러져 앞으로 내동댕이쳐졌다. 아이는 다시 돌아와 염소 엉덩이에 올라탔다. 염소가 너무 많이 뛰어서 어쩌면 물가에서 멀어져가고 있을지도 몰랐다. 아이는 한쪽으로 몸을 기울였다. 그러자 염소가 격렬하게 요동쳤고 이내 다시 몸을 바로 세웠다. 양다리는 벌어지고 팔은 따로 놀며 온몸이 어정쩡하게 춤을 추기 시작했다. 다시 한번 몸이 앞으로 쏠리며 내동댕이쳐질 위기에 몰리자 아이는 앞구르기를 해서 염소의 머리 위로 넘어갔다. 그 바람에 셔츠 한쪽의 구멍이 더 커졌고 아이의 몸은 모래 위에 널브러졌다. 아이는 그대로 꼼짝도 못한 채 누워 있었고, 귀에서 윙윙거리는 소리가 들렸다. 아이는 자신의 모험이 명예롭게 마무리되지 못했음을 막연히 깨달았다.

　아이는 파란 하늘에서 흩어지는 구름을 보았고 구름에 대
고 짜증을 냈다. 독수리의 비행에 눈길이 갔다. 가죽 망토를
걸친 파비아누는 진짜 독수리처럼 무거운 발걸음으로 뒤뚝
거리며 걸었다.

　아이는 앉아서 아픈 관절을 만져보았다. 몸이 심하게 흔들
리면서 뼈가 모두 탈골된 것 같았다.

　아이는 화가 나서 형과 강아지를 바라봤다. 자신을 말렸어
야 했다. 그러나 그 둘에게서 동정의 기색 따윈 조금도 보이
지 않았다. 형은 미친 듯이 웃어댔고, 발레이아는 진지한 표
정으로 아이를 나무라는 듯했다. 아이는 자신이 나락으로 떨
어져 발길질당하고 들이받힌 뒤 버림받은 쓸모없는 존재처
럼 느껴졌다.

　아이는 자리를 털고 일어나서 의기소침하게 물가의 울타리
를 향해 몸을 이끌고 간 뒤, 낙담한 표정으로 흙탕물을 바라
보며 울타리에 몸을 기댔다. 찢어진 구멍에 가느다란 손가락
을 넣어 괜스레 깡마른 가슴을 긁었다. 암염소들의 발소리가
산비탈에서 사라졌고 강아지가 짖는 소리도 멀리서 들려왔
다. 구름은 어떤 모습일까? 아마 일부는 양처럼 변하고, 또 다
른 일부는 알 수 없는 동물처럼 보일 것이다.

　아이는 파비아누를 떠올렸다가 다시 잊으려고 노력했다.

분명 파비아누와 비토리아 어멈은 그 사고 때문에 자신에게 벌을 줄 것이 뻔했다. 아이는 소심하게 눈을 들었다. 달이 뜨더니 점점 더 커져갔다. 거의 보이지 않는 작은 별도 함께 떴다. 이 시간 즈음이면 앵무새들이 하천과 마른 옥수수수염에서 쉬고 있을 것이다. 그런 앵무새 중 한 마리를 갖게 된다면 아이는 행복할 것 같았다.

아이는 머리를 숙였다가 가축이 사라진 어두운 웅덩이를 다시 바라보았다. 모래에서는 동물의 열린 동맥처럼 작은 개울이 흘러나왔다. 절굿공이로 때려잡은 염소들이 머리를 아래로 축 늘어뜨린 채 피를 흘리며 테라스 지붕 서까래에 걸려 있던 모습이 떠올랐다.

아이는 집으로 향했다. 굴욕감은 서서히 사라졌다. 아이는 집에 들어가서 저녁을 먹고 잠을 자야 했다. 그리고 자라서 파비아누처럼 몽둥이로 염소를 때려잡고 허리춤에 날카로운 칼을 차고 다니는 위대한 사람이 되어야 했다. 아이는 자라서 나무살 침대에서 평생을 보내며, 궐련을 피우고 생가죽 신발을 신을 것이다.

아이는 산비탈을 올라 다리를 꾸부리며 무거운 걸음으로 천천히 집에 다가갔다. 어른이 되면 약간 휜 다리로 무겁고 신중하게 박차의 장식들을 딸그랑거리며 걷게 될 것이다. 아이는 사나운 말 등에 뛰어올라 먼지를 일으키며 바람처럼 빠르게 카칭가를 활보할 것이다. 말에서 내릴 때는 한 번에 뛰어내려 가죽 바지와 조끼, 가슴 보호대와 끈이 달린 가죽 모자를 착용한 채 집 안뜰을 흰 다리로 걸어 다닐 것이다. 형과 발레이아는 자신을 보고 감탄하게 될 것이다.

큰아이

그 일이 벌어진 것은 비토리아 어멈이 큰아이의 이야기에 잠시 동안 귀를 기울이지 않았기 때문이다. 아이는 지옥이란 말을 들어본 적이 없었다. 테르타 아주머니의 말을 이해하지 못한 아이가 물었다. 비토리아 어멈은 아무 생각 없이 아주 나쁜 어떤 곳이라고 막연하게 이야기했고, 아들이 상세한 설명을 요구하자 어멈은 모르겠다는 듯 어깨를 으쓱했다.

아이는 아버지에게 물어보기 위해 거실로 향했다. 아버지는 바닥에 앉아 다리를 벌린 채 신발 한쪽의 깔창 가죽을 펼치고 있었다.

"여기다 발을 올려봐."

아이는 명령에 따랐고, 파비아누는 샌들의 사이즈를 재었다. 발뒤꿈치 뒤에 칼끝으로 흔적을 남겼고, 엄지발가락 앞에 또 다른 흔적을 남겼다. 그러고 나서 신발의 형태를 그린 뒤 손뼉을 쳤다.

"비켜봐."

아이는 약간 물러났지만 주변에 머물며 조심스럽게 질문을 던졌다. 끝내 답변을 듣지 못하자 부엌으로 돌아가 어머니의 치마에 매달렸다.

"어떻게 생겼어요?"

비토리아 어멈은 뜨거운 창과 불이 있는 곳이라고 말했다.

"어머니가 보셨어요?"

그러자 비토리아 어멈은 화를 냈다. 아이가 무례하다고 여기며 머리를 한 대 쥐어박았다.

소년은 잘못도 없이 어머니에게 핀잔을 들은 것이 억울했고, 밖으로 나와 마당을 가로질러 텅 빈 호숫가의 시들어가는 카칭가 관목 아래에 몸을 숨겼다.

강아지 발레이아가 어깨가 축 처진 아이를 따라나섰다. 발레이아는 따뜻한 화로 곁에서 뼛조각을 얻어먹길 기다리며 졸고 있었다. 혹여 얻어먹지 못할 수도 있었지만, 발레이아는 고기 뼈가 있을 거라고 믿었고 자신을 감싸는 나른한 기분이 달콤했다. 가끔 몸을 움직일 때면 주인에 대한 신뢰로 빛나는 검은 눈동자를 비토리아 어멈에게 보내곤 했다. 발레이아는 솥에 커다란 고기 뼈가 있을 거라고 확신했다. 그 누구도 발레이아의 확신을 앗아 갈 수 없었고, 그 어떤 근심도 발레이아의 소박한 꿈을 방해할 수 없었다. 때로는 이유 없이 발길질을 당하기도 했다. 하지만 발길질은 매번 당했고, 그게 고기 뼈에 대한 확신을 흔들지는 못했다.

그날 비토리아 어멈이 날카로운 목소리로 큰아이의 머리를 쥐어박는 바람에 발레이아는 잠에서 깼다. 무언가 잘 돌아가지 않고 있다는 느낌을 받았다. 발레이아는 구석으로 가서 절구 뒤에 놓인 쇠뿔과 바구니 사이에 웅크린 채 몸을 숨겼다. 일 분 후 발레이아는 주둥이를 들고 주변을 살폈다. 호수에서 불어오는 따스한 바람에 발레이아는 결심을 굳혔다. 벽을 따라 몰래 빠져나온 뒤 부엌의 낮은 창을 넘어 마당을 건넜고, 예루살렘 가시나무를 지나 카칭가 관목 그늘에서 슬피 울고 있는 친구를 만났다. 발레이아는 꼬리를 흔들고, 주변을 뛰어다니면서 아이를 위로하려고 노력했다. 발레이아는 너무 심한 고통은 느낄 수 없었다. 그리고 단 한 번도 조급하게 서두르는 법이 없었기 때문에 숨을 헐떡이며 친구의 주의를 끌기 위해 계속해서 뛰어다녔다. 결국 아이가 자신의 행동이 무의미하다는 것을 깨닫게 하는 데 성공했다.

아이는 자리에 앉아 무릎 위에 강아지의 머리를 누인 채 조용히 자신의 이야기를 들려주었다. 아이의 어휘는 가뭄 때 죽은 앵무새만큼이나 부족했다. 아이는 감탄사와 몸짓을 사용했고, 발레이아는 꼬리와 혀, 그리고 이해하기 쉬운 동작으로 응답했다.

모두가 아이를 버렸고, 그 작은 암캐만이 따스한 관심을 보였다. 아이는 더럽고 가냘픈 손가락으로 암캐를 어루만졌다. 기분 좋은 그 감촉을 제대로 느끼기 위해 암캐는 몸을 움츠렸다. 발레이아는 화롯불 곁에서 느꼈던 것과 같은 느낌을 받았다.

아이는 계속해서 암캐를 어루만지며, 진흙투성이의 얼굴을 발레이아의 주둥이 가까이 가져가 그 평온한 눈을 깊숙이 들여다보았다.

아이는 동생과 함께 진흙으로 동물 모양을 만들며 진흙탕에서 놀다가 온몸이 진흙투성이가 되었다. 장난감을 두고 비토리아 어멈에게 질문하러 갔다가 봉변을 당한 것이다. 잘못은 테르타 아주머니에게 있었다. 아주머니는 전날 파비아누의 가슴 통증 때문에 주술 치료를 왔다가 담뱃대를 이가 빠진 잇몸에 끼운 채 이상한 말을 중얼거렸다. 아이는 그 말이 현실이 되기를 원했고, 창과 불이 있는 나쁜 곳이라는 어머니의 대답에 실망했다. 그래서 어머니가 지옥을 무언가 다른 것으로 변화시켜주길 바라며 따져 물었던 것이다.

아이가 알고 있는 모든 장소는 좋은 곳이었다. 염소 우리, 축사, 진흙탕, 안뜰, 물가는 농장의 동물들과 소몰이꾼 가족이 존재하는 현실 세계였다. 그 외에도 멀리 푸른 산, 강아지가 기니피그를 사냥하러 가는 언덕, 눈에 잘 띄지 않는 카칭가의 오솔길, 야생의 덤불숲과 외딴 숲, 사람이 접근하기 어려운 마캄비라 선인장 덤불에는 사람의 세계만큼이나 생명력이 넘쳐나는 돌과 식물의 세계가 존재했다. 이 두 세계는 평화롭게 유지되었고, 때때로 두 세계의 경계가 사라질 때면 양쪽 구성원들이 혼연일체가 되어 서로 돕기도 했다. 의심할 여지 없이 악한 힘은 곳곳에 도사렸지만, 그 힘은 항상 패배했다. 파비아누가 사나운 말을 길들일 때면, 어김없이 알 수 없는 보호의 힘이 안장에 깃들어 그가 말에서 떨어지지 않도록 붙들어주었고, 그에게 덜 위험한 길을 알려주었으며, 가시와 나뭇가지로부터 그를 보호해주었다.

생명체들 간의 관계가 항상 우호적인 것은 아니었다. 예전에는 사람들이 배고픔에 지쳐 아무 이유 없이 피난길에 나섰다. 비토리아 어멈은 작은아이를 둘러업고, 양철 트렁크를 머리에 인 채 피난길에 올랐다. 파비아누는 어깨에 수발총을 메고 있었고, 발레이아는 듬성듬성 난 털 사이로 등뼈가 훤히 드러나 보였다. 큰아이는 발이 델 것같이 뜨겁게 타오르는 땅바닥에 쓰러졌다. 갑자기 눈앞이 캄캄해졌고, 시키시키와 만다카루 선인장의 모습이 눈앞에서 사라져버렸다. 파비아누가 날카로운 칼집으로 자신을 내리쳤을 때도 전혀 아프지 않았다.

그때는 세상이 나빴다. 그러나 이후에는 모든 것이 바뀌었고 사실상 나쁜 일들은 더 이상 존재하지 않았다. 부엌 선반에는 말린 고기와 베이컨 조각이 비축되어 있었다. 이제 사람들은 목마름에 고통받지 않았고, 오후에 우리의 문이 열리면 작은 가축들은 물가로 달려갔다. 동물들의 뼈와 조약돌은 덤불숲과 언덕, 먼 협곡, 그리고 마캄비라 선인장 덤불의 일부로 변해갔다.

아이는 제대로 말을 할 줄 몰라서 복잡한 표현을 중얼거리며 음절을 반복하거나 동물의 울음소리 혹은 바람 소리, 카칭가의 나뭇가지들이 서로 부딪치는 소리를 흉내 내곤 했다. 지금은 오로지 한 가지 단어를 배우겠다는 생각뿐이었다. 테르타 아주머니가 했던 말이니 틀림없이 중요한 단어였다. 그 단어를 외워서 동생과 강아지에게 알려주려 했다. 발레이아는 별다른 관심이 없을 테지만 동생은 부러워하며 놀랄 것이다.

"지옥, 지옥."

그렇게 예쁜 이름이 나쁜 곳을 가리키는 데 사용된다는 것을 믿을 수 없었다. 비토리아 어멈과 그것에 대해 토론을 벌이기로 결심했다. 어멈이 지옥에 가봤다고 했다면, 괜찮았을 것이다. 비토리아 어멈은 눈에 보이는 강력한 권위를 행사했다. 어멈이 눈에 보이지 않는 더 강력한 어떤 권위를 언급했다면, 정말 괜찮았을 것이다. 그러나 어멈은 아이를 설득하기 위해 머리를 쥐어박았고, 아이는 도저히 납득할 수 없었다. 아이는 어른들이 화났을 때 주먹을 휘두르는 것이 당연하다고 생각했고, 심지어 어른들이 머리를 쥐어박고 귀를 비틀어 잡아당기는 이유는 오로지 화가 났기 때문이라고 생각했다. 이 생각이 아이의 불신을 조장했고, 아이는 말을 걸기 전에 으레 부모를 관찰하곤 했다. 그렇게 비토리아 어멈의 기분이 좋아 보였기 때문에 용기를 내 물었던 것이다. 아이는 강아지에게 이러한 이야기를 온갖 고함과 몸짓을 총동원해서 설명했다.

발레이아는 격렬한 표현을 싫어했다. 다리를 뻗고 눈을 감은 채 하품을 했다. 발레이아에게 발길질은 불쾌하지만 늘 있는 일이었다. 발길질을 피할 수 있는 유일한 방법은 도망가는 것뿐이었다. 하지만 간혹 예기치 못하게 발길질을 당했고, 샌들 한쪽이 엉덩이를 후려갈겼다. 그때마다 발레이아는 깨갱대며 달아나 숲에 몸을 숨기곤 했다. 발목을 물어버리고 싶은 마음이 굴뚝같았지만, 그 욕망을 실현할 수 없으리란 것을 알았기에 금세 평정심을 되찾았다. 발레이아는 친구의 그런 과민 반응을 도무지 이해할 수 없었다. 다시 다리를 뻗고 하품을 했다. 잠을 청하는 편이 좋을 것 같았다.

아이는 발레이아의 축축한 코에 입맞춤을 한 뒤 아기를 재우듯 흔들었다. 아이의 마음은 푸른 협곡과 마캄비라 선인장 덤불 주위를 맴돌고 있었다. 파비아누는 협곡에 검은 표범 굴이 있다고 했다. 그리고 가시밭길이 펼쳐진 마캄비라 선인장 덤불 속에는 납작한 머리의 살무사가 심심치 않게 출몰한다고 했다.

아이는 가냘픈 손을 문지르며 더러운 손톱을 긁어댔다. 진흙탕 옆에 두고 온 작은 인형들이 생각났지만, 그것은 불행한 말의 기억도 동시에 떠올리게 했다. 아이는 그 치명적인 호기심을 애써 잊으려 노력했다. 그 질문을 하지 않았고, 머리를 쥐어박히는 일도 일어나지 않았다고 생각하려 했다.

아이는 자리를 털고 일어났다. 눈에 들어온 부엌 창문에 비토리아 어멈의 올린 머리가 언뜻 비쳤다. 나쁜 생각이 들었다. 아이는 다른 나무 아래에 가서 앉았고, 구름으로 덮인 협곡을 바라보았다. 땅거미가 내리자 협곡과 하늘의 경계가 불분명하게 서로 섞이며 별들이 그 위를 행진했다. 땅에 어떻게 별이 있는 걸까?

암캐가 뛰어와서 아이의 냄새를 맡으며 손을 핥은 뒤 자리를 잡고 앉았다.

땅에 별이 어떻게 있는 거지?

아이는 슬퍼졌다. 어쩌면 비토리아 어멈의 말이 사실일지도 몰랐다. 지옥은 살무사와 검은 표범이 가득하고 거기 사는 사람들은 늘 머리를 쥐어박히거나 귀를 비틀리거나 칼집으로 얻어맞을지도 몰랐다.

　자리를 바꾸었는데도 아이는 비토리아 어멈 생각을 떨쳐버리지 못했다. 아무 일도 일어나지 않았다고 되뇌며, 협곡에서 밝게 빛나는 별들을 생각하려 했다. 하지만 별들은 이미 사라진 뒤였다.

　스스로 약하고 무기력한 존재라고 느꼈다. 아이는 자신의 깡마른 팔과 가느다란 손가락에 시선이 향하자 땅바닥에 수수께끼 같은 그림을 그리기 시작했다. 비토리아 어멈은 왜 그런 말을 했을까?

　아이는 강아지를 힘껏 껴안았다. 발레이아는 질색했다. 발레이아는 품에 안기는 것보다 뛰고 바닥에 뒹굴며 노는 것이 더 좋았다. 친구의 행동이 이상하다고 여기며, 솥의 냄새를 맡기 위해 코를 킁킁댔다. 국물 속에서 커다란 고기 뼈가 위아래로 들썩이고 있었다. 언제나 위안이 되는 이 형상이 발레이아의 머릿속에서 사라지지 않았다.

　아이는 발레이아를 계속 안고 있었다. 그리고 발레이아는 아이에게 상처를 주지 않기 위해 몸을 움츠린 채 과도한 애정의 손길을 감내했다. 아이의 냄새가 좋기도 했지만, 거기에는 부엌에서 나는 냄새가 섞여 있었다. 그곳에는 커다란 고기 뼈가 있었다. 큼지막하고 골이 꽉 찬 약간의 고기가 달라붙은 뼈였다.

겨울

모든 가족이 불 주위에 모여 있었다. 파비아누는 넘어진 절구에, 비토리아 어멈은 다리를 꼰 채 앉아 있었다. 아이들은 비토리아 어멈의 허벅지를 베고 누웠다. 강아지 발레이아는 엉덩이를 바닥에 댄 채 상체는 세우고 앉아 불씨를 바라보았다. 재가 쌓였다.

끔찍한 추위였고 바깥 빗물받이에서는 빗물이 연신 떨어졌다. 바람은 카칭가 관목의 가지들을 요란하게 흔들어댔고 여울목 소리가 멀리 천둥처럼 들려왔다.

파비아누는 만족스럽게 손을 비비며 샌들 끝으로 불씨를 밀었다. 불씨가 튀며 재가 떨어졌고, 화롯불의 희미한 원광이 돌화로 주변으로 퍼져 소몰이꾼의 발과 아내의 무릎, 그리고 누워 있는 아이들을 비췄다. 가끔 아이들이 뒤척였다. 불길이 약해서 몸의 일부만 겨우 녹일 수 있었기 때문이다. 나머지 부분은 벽과 창문 틈새로 새어 드는 바람에 절로 움츠러들었다. 추위 탓에 아이들은 잠들 수가 없었다. 잠들려고 하다가도 몸이 오싹하게 느껴지면 돌아누워야 했다. 화로 가까이에서 부모님의 대화가 들렸다. 정확히는 대화라기보다 앞뒤가 맞지 않는 분리된 문장들이 간격을 두고 반복될 뿐이다. 간혹 목청을 울리는 감탄사가 애매한 대화에 힘을 실었다. 사실 가족 중 누구도 다른 사람의 말을 주의 깊게 듣지 않았다. 그저 머릿속에 떠오르는 형상을 말하는 데 급급했고, 그 형상들이 계속해서 생겨나고 변형되기를 반복하다 종국에는 제어할 방법이 없었다. 표현 수단이 부족했기 때문에 부부는 큰 소리로 말하며 이를 보완하려고 했다.

파비아누는 다시 손을 비비며 상당히 혼란스러운 이야기를 시작했다. 그러나 화롯불이 그의 샌들만을 겨우 비추고 있었기에 그 몸짓은 눈에 띄지 않았다. 큰아이는 주의 깊게 귀를 기울였다. 아버지의 얼굴을 볼 수 있었다면 이야기의 일부 정도는 이해할 수 있었을 테지만, 그런 어둠 속에서는 이해하기가 쉽지 않았다. 아이는 일어나서 부엌 한쪽 구석에 놓여 있던 땔감을 한 움큼 가져왔다. 비토리아 어멈은 그르렁대는 소리를 내며 아이의 이 행동을 허락했지만, 파비아누는 자신의 말을 방해한 아들의 행동이 무례하다고 여겨 아이를 혼내주기 위해 팔을 뻗쳤다. 아이는 아버지의 손길을 피해 어머니 치마폭에 몸을 숨겼다. 비토리아 어멈은 대놓고 아들 편을 들었다.

"흠! 흠! 참 성질하고는!"

그 남자는 항상 그랬다. 성질나는 대로 행동했다.

"성격이 불같아."

비토리아 어멈은 코코넛 껍질 국자 손잡이로 불씨를 들쑤신 뒤 젖은 안지쿠 아카시나무 장작을 돌 사이에 밀어 넣고 불을 지피려 했다. 파비아누는 아내를 도왔다. 말을 멈추고 바닥에 몸을 낮춘 채 볼을 힘껏 부풀려 잉걸불에 입김을 불어 넣었다. 연기가 부엌을 가득 메웠고, 가족들은 기침하며 눈물을 훔쳤다. 비토리아 어멈이 부채질을 하자 곧 돌 사이에서 불길이 솟아올랐다.

화롯불의 원광이 커졌고, 그제야 그림자 속에서 붉은 형체가 드러났다. 파비아누의 모습은 희미한 불빛에 둘로 나뉘어 배부터 아래만 보였는데, 위쪽으로 갈수록 형체를 알 수 없게 어둠에 가려져 있었다. 그 어둠 속에서 다시 앞뒤가 뒤죽박죽 엉킨 그의 말소리가 들려왔다.

파비아누는 기분이 좋았다. 며칠 전 홍수로 충적토의 경계 표시기가 휩쓸려 떠내려갔을 테고, 카칭가 관목들도 모두 물에 잠겼을 것이다. 나뭇잎만 겨우 보이는 정도거나 불어난 강물 탓에 언덕의 경사면이 깎여 무너져 내렸을 것이 분명했다.

곧 물의 독재는 끝날 테지만, 파비아누는 미래에 대해 생각하지 않았다. 당분간 홍수가 이어지며 동물들의 목숨을 앗아가고 협곡과 계곡을 쓸어버릴 것이다. 모든 것이 아주 좋았다. 흡족한 마음에 파비아누는 연신 손을 비벼댔다. 바로 닥칠 가뭄의 위험 따윈 없었다. 가뭄은 몇 달간 가족들을 공포에 몰아넣었다. 카칭가는 노랗게 변한 뒤 붉게 물들었고, 가축들은 서서히 말라갔다. 끔찍한 악몽의 환상이 잠을 뒤흔들었다. 갑자기 하늘을 가르며 강 상류 쪽으로 가느다란 섬광이 일더니 곧이어 더 밝은 빛이 번쩍였다. 가까이에서 천둥이 요란하게 울렸다. 한밤의 어둠을 가르며 핏빛 구름들이 떼 지어 이동하고 있었다. 바람에 수쿠피라 콩나무와 임부 매실나무가 송두리째 뽑혔고, 번개가 쉴 새 없이 내리쳤다. 비토리아 어멈은 아이들과 함께 방 안에 숨어 귀를 막고 담요로 몸을 감쌌다. 하지만 이내 언제 그랬냐는 듯 요란한 천둥 번개가 멈추고 비가 내리기 시작했다. 급류에 동물의 사체와 나무 줄기가 떠내려갔다. 강물이 불어나 언덕을 덮쳤고, 안뜰 끝자락의 주아 대추나무 근방까지 물에 잠겼다. 비토리아 어멈은 겁에 질려 어쩔 줄을 몰랐다. 강물이 주아 대추나무까지 덮치면 어쩌지? 만약 그런 일이 생긴다면, 집은 물에 잠기게 되고 가족들은 산비탈로 몸을 피해야 할 것이다. 며칠 동안 언덕에서 기니피그처럼 지내야 할 터였다.

비토리아 어멈은 코코넛 껍질 국자 손잡이로 불을 헤치며 한숨을 쉬었다. 하느님이 그러한 불행이 일어나게 두시지 않을 것이다.

"신이시여!"

그 집은 튼튼했다.

"신이시여!"

장미 후추나무로 만든 기둥목이 단단한 땅속에 잘 박혀 있었다. 만약 강물이 그곳까지 도달한다면 흙벽을 채우고 있는 진흙만 무너져 내릴 것이다. 하느님은 가족을 보호해주실 것이다.

"신이시여!"

칸살은 장미 후추나무 기둥목에 덩굴줄기로 단단히 동여매어져 있었다. 집의 구조는 거친 물살에도 견딜 수 있을 것이다. 물이 빠지면 가족은 돌아오면 되었다. 그렇다. 그들은 모두 기니피그처럼 숲속에서 살게 될 것이다. 그러나 물이 빠지면 돌아와서 집의 뼈대를 채우기 위해 진흙탕에서 흙을 퍼낼 것이다.

"신이시여!"

비토리아 어멈은 점점 가까워지는 강물 소리를 애써 외면

하며 부채를 세게 움켜잡았다. 강물이 불어나고 있는 것일까? 부채가 펄럭였고, 홍수의 물살 소리가 마치 입김을 불어넣고 있는 것 같았다. 입김은 주아 대추나무 너머로 수그러들었다.

파비아누는 자신의 영웅담을 늘어놓았다. 조심스럽게 시작했지만 서서히 흥분했고, 이제는 자신의 경험을 과장하고 긍정적으로 포장했다. 자신이 뛰어난 일을 해냈다고 확신했다. 그런 확신이 필요했다. 얼마 전 그 불행한 사건이 일어났다. 노란 제복의 군인이 장터에서 그에게 시비를 걸고, 칼로 내리친 뒤 감옥에 가두었다. 파비아누는 몇 주 동안 울적하게 보냈고, 황량한 카칭가에서 군인이 죽어가는 모습을 상상하며 복수를 꿈꿨다. 가뭄이 온다면, 아내와 아이들을 버리고 떠나 노란 제복의 군인을 칼로 찌른 뒤 판사, 검사, 경찰서장을 죽이려 했다. 그는 며칠 동안 그렇게 시무룩한 모습으로 가뭄을 생각하며 자신이 당한 굴욕을 곱씹었다. 그러나 천둥이 내리쳤고, 홍수가 찾아왔다. 이제는 빗물받이에서 빗물이 떨어졌고, 바람이 벽의 틈 사이를 비집고 들어왔다.

파비아누는 기뻐하며 손을 비볐다. 추위가 심해지자 손을 불길 가까이 가져갔다. 끔찍한 소동이 벌어졌던 그날의 일을 이야기하며, 자신이 얻어맞았던 것과 감옥에 갇혔던 사실은 까마득히 잊은 채 중요한 사람이라도 된 것처럼 우쭐해졌다.

강물이 산비탈까지 차올라 주아 대추나무 근처에 다다랐다. 하지만 주아 대추나무를 덮쳤다는 소식은 아직 없었다. 그러자 안심한 파비아누는 옛날 어른들에게 들었던 이야기를 바탕으로 싸움 이야기를 지어내 들려주었다. 그 싸움은 한낱 꿈에 불과했지만, 파비아누는 그것을 믿었다.

소들이 축사와 붙어 있는 집 벽 근처로 물을 피해 모여들었다. 비가 세차게 내리쳤고 소들의 방울 소리가 요란하게 울려퍼졌다. 소들이 새로운 풀을 먹고 살이 오르면 송아지를 낳을 것이다. 들판에서는 풀이 자라나고, 나무들은 우거지고, 가축은 늘어날 것이다. 그, 파비아누, 그의 아내, 두 아이, 그리고 강아지 발레이아도 모두 살이 오를 것이다. 어쩌면 비토리아 어멈은 가죽 침대를 얻게 될지도 몰랐다. 부부가 누워 자는 나무살 침대는 정말 불편했다.

파비아누는 온갖 몸짓을 총동원해 이야기를 했다. 비토리아 어멈은 젖은 안지쿠 아카시나무 장작의 불길을 유지하기 위해 연신 부채질을 했다. 한쪽은 춥고 한쪽은 뜨거워 잠을 청할 수 없었던 아이들은 아버지의 터무니없는 이야기를 듣고 있었다. 아이들은 낮은 소리로 이야기의 불분명한 전개에 대해 서로 말을 주고받기 시작했다. 도통 이해할 수가 없었고, 옥신각신하더니 치고받고 싸우기에 이르렀다. 파비아누는 아이들의 버릇없는 모습에 화가 나서 야단을 치려고 했다.

하지만 이내 감정을 가라앉히고 다른 단어를 사용해 아이들이 이해하지 못한 부분을 다시 설명했다.

작은아이는 박수를 치며, 파비아누의 손이 붉고 어두운 불길 위로 움직이는 것을 보았다. 손등은 그림자에 가려 보이지 않았지만, 손바닥은 밝게 빛나며 혈색이 돌았다. 마치 방금 동물의 가죽을 벗겨내기라도 한 듯 피를 흘리는 것처럼 보였다. 듬성듬성 난 붉은 수염은 보이지 않았고, 푸른 눈은 무표정하게 불씨를 바라보았다. 파비아누의 거칠고 쉰 목소리는 때때로 침묵으로 끊겼다. 절구에 앉아 있는 그의 몸은 축 처져 두 발로 제대로 서지 못하는 굼뜬 동물처럼 못생기고 사납게 보였다.

큰아이는 기분이 나빴다. 아버지의 얼굴을 제대로 볼 수 없었기에 그의 이야기를 제대로 이해하기 위해 눈을 감았다. 하지만 의문이 생겼다. 파비아누는 이야기의 내용을 바꾸었고, 그것이 개연성을 떨어뜨렸다. 실망스러웠다. 아이는 기지개를 켜며 하품을 했다. 같은 단어들을 반복했더라면 더 좋았을 뻔했다. 아이는 동생과 논의해서 그 단어들의 의미를 해석하려 했다. 그 단어들 때문에 동생과 다투기까지 했고, 그로 인해 아이의 신념은 더욱 확고해졌다. 파비아누는 그 단어들을 반복했어야 했다. 하지만 그렇게 하지 않았다. 이야기가 변했고, 영웅은 인간적이고 모순적인 존재가 되었다. 큰아이는 오래전에 제분소의 토마스 씨에게 선물받았던 장난감을 떠올렸다. 졸린 듯 눈을 감았다가 다시 떴다. 벽의 틈새로 들어오는 찬 공기에 다리와 팔, 오른쪽 몸 전체가 차가웠다. 몸을 돌리자 파비아누의 모습이 사라졌다. 부서져 무용지물이 된 장난감 파편들을 보며 아이는 슬퍼했었다. 아이는 카칭가 관목 아래에 작은 조약돌로 만들어놓은 축사를 떠올렸다. 이제 호수에 물이 가득 차 아이가 만들었던 축사도 물에 잠겨버렸을 것이다. 진흙탕도 잠겨 부엌 외벽까지 닿았고, 진흙탕을 가득 메운 물은 호수와 하나가 됐다. 패랭이꽃과 쑥이 있는 뒤뜰에 가기 위해 비토리아 어멈은 앞문을 통해 테라스로 내려가 바라우나 옻나무로 만든 축사의 문을 지나가야 했다. 집 뒤에는 울타리와 예루살렘 가시나무, 카칭가 관목들이 물에 잠겨 있었다. 빗물받이에서는 빗물이 뚝뚝 떨어졌고, 소의 방울 소리와 개구리의 울음소리가 들렸다. 소 방울 소리는 익숙했지만, 개구리 울음소리와 빗방울 소리는 낯설게 느껴졌다. 모든 것이 변해버렸다. 밤낮 할 것 없이 계속 비가 내렸다. 신비한 생물들이 살던 숲과 덤불은 파괴되었다. 이제 그곳에는 개구리들이 있었다. 개구리들의 울음소리가 높아졌다가 낮아졌다. 구슬픈 울음소리가 주변을 가득 메웠다. 아이는 몇 마리나 되는지 세어보고 싶었지만 도저히 셀 수가 없었다. 숲과 덤불에는 셀 수 없이 많은 개구리가 있었다. 개구리들은 무엇을 하고 있는 걸까? 왜 그렇게 개골개골하며 구슬프게 우는 걸까? 아이는 한 번도 개구리를 본 적이 없었고, 협곡과 마캄비라 선인장 덤불에 사는 보이지 않는 생물들과 혼동했다. 아이는 몸을 웅크린 채 누웠고 편안하게 잠이 들었다. 한쪽은 불을 쬐어 따뜻했고, 다른 한쪽은 비토리아 어멈의 엉덩이가 포근하게 감싸줬다.

부채가 쉬지 않고 움직였고 젖은 나무가 치직거리며 타기 시작했다. 파비아누의 모습이 밝아졌다가 이내 어두워졌다.

발레이아는 미동도 않고 참을성 있게 잉걸불을 바라보며 가족이 잠자리에 들기를 기다렸다. 강아지는 파비아누가 내는 소음에 지쳐 있었다. 들판에서 가축을 몰며 그는 너무 크게 소리를 질렀다. 당연했다. 하지만 불 옆에서까지 굳이 그렇게 큰 소리로 떠들어댈 필요가 있을까? 파비아누는 쓸데없이 피곤을 자처하고 있었다. 강아지는 지긋지긋해하며 눈을 붙이려 했지만 쉽사리 잠들지 못했다. 비토리아 어멈은 숯과 재를 치우고 바닥을 쓴 뒤 파비아누와 함께 나무살 침대에 누워 잠을 청할 것이다. 아이들은 거실 선반 아래의 매트에 눕힐 것이다. 발레이아는 혼자 남겨진 그 시간이 좋았다. 하루 종일 사람들의 움직임을 지켜보며, 이해할 수 없는 것들을 짐작하려 애썼다. 지금은 자야 했다. 경계를 서는 자신의 익숙한 일상에서 벗어나 벼룩에게 방해받지 않고 잠을 청하고 싶었다. 바닥을 빗자루로 쓸고 나면, 돌 사이로 미끄러져 들어가 몸을 웅크린 채 자리를 잡고 온기를 느끼며 잠을 청할 것이다. 물에 젖은 암염소의 냄새를 맡으며, 알 수 없는 소리와 빗방울 떨어지는 소리, 개구리 울음소리, 가득 차오른 강물의 숨소리를 들으며 잠들 것이다. 주인 없는 작은 벌레들이 발레이아를 찾아올 터였다.

축제

파비아누는 비토리아 어멈과 아이들을 데리고 시내 크리스마스 축제에 가기 위해 나섰다. 3시였고, 몹시 더운 데다 노란 꽃이 흐드러지게 핀 나무 위로 먼지와 마른 잎이 소용돌이치며 휘날리고 있었다.

가족은 문단속을 하고 안뜰을 건너 산비탈을 내려가며, 발굽이 불편한 병든 소처럼 엉거주춤한 자세로 자갈길을 걸었다. 파비아누는 테르타 아주머니가 만들어준 꽉 끼는 백색 리넨 정장 차림에 깃을 세워 넥타이를 맸고 중절모까지 눌러썼으며 부드러운 소가죽 구두를 신었다. 그는 평소와 달리 등을 곧게 펴고 걸으려고 노력했다. 비토리아 어멈은 붉은색 나뭇잎 무늬 원피스 차림에 굽 높은 신발을 신은 채 균형을 잃지 않기 위해 조심스레 걸었다. 어멈은 도시의 젊은 여성들이 신는 신발을 신겠다고 고집을 부렸지만, 걸을 때마다 발이 자꾸 걸렸다. 아이들은 난생처음으로 바지와 재킷을 입었다. 집에서는 보통 줄무늬 셔츠를 걸치거나 벌거벗고 지냈다. 파비아누는 상점에서 백색 천 열 마를 사서 테르타 아주머니에게 자신과 아이들을 위한 양복을 만들어달라고 부탁했다. 테르타 아주머니가 천이 부족하다고 했지만, 파비아누는 아주머니가 천 조각을 훔치려는 것이라고 확신하며 못 알아들은 척했다. 그 결과, 옷은 짤막하니 작게 나왔고 결국 여러 번의 수선을 거쳐야 했다.

파비아누는 그 모든 불편을 생각하지 않으려고 노력했다. 그는 곧장 앞을 향해 걸었고, 배를 앞으로 내밀고 등을 곧게 편 채 먼 산을 바라봤다. 평소에는 땅만 보며 돌멩이, 나무 그루터기, 구멍, 뱀 들을 피하곤 했다. 익숙하지 않은 자세를 취하느라 피곤했다. 강모래에 다다르자, 그렇게 해서는 시내까지 15킬로미터나 되는 거리를 도저히 걸어갈 수 없을 것이라는 사실을 깨달았다. 파비아누는 신발을 벗어 양말을 주머니에 쑤셔 넣고, 재킷을 벗은 뒤 넥타이와 셔츠 깃을 풀어 헤쳤다. 안도의 숨소리가 절로 새어나왔다. 비토리아 어멈도 그를 따라했다. 신발과 양말을 벗어 손수건으로 쌌다. 아이들은 신발을 벗어 겨드랑이에 낀 채 마음껏 활보했다.

뒤따라오던 강아지 발레이아가 가족들과 합류했다. 발레이가 좀 더 일찍 모습을 나타냈다면, 아마도 파비아누가 내쫓았을 것이다. 그리고 발레이아는 테라스를 더럽히는 암염소들과 함께 크리스마스를 보내야 했을 것이다. 그러나 주머니에 구겨진 넥타이와 셔츠 깃을 쑤셔 넣고, 재킷은 어깨에 걸쳐 멘 뒤 장대 끝에 구두를 매단 채 걷고 있던 소몰이꾼은 발레이아를 발견하자 흔쾌히 받아들였다.

파비아누는 원래의 자세로 돌아갔다. 머리를 기울인 채 절뚝거렸다. 비토리아 어멈과 두 아이, 그리고 발레이아가 그를 따라갔다. 오후는 빠르게 지나갔고, 밤이 될 무렵 가족은 시내 입구에 있는 작은 시냇가에 도착했다.

자리에 앉은 파비아누는 발바닥 깊은 틈새에 낀 진흙을 제거하느라 애쓰며 딱딱해진 발을 씻었다. 발을 닦지 않고 신발을 신으려 했지만 어려웠다. 면양말의 뒤꿈치 부분이 앞 발바닥에 엉켜 신을 수 없었고, 가죽 신발은 처음 신는 것처럼 발이 잘 들어가지 않았다. 비토리아 어멈도 치마를 들어 올린 채 앉아서 발을 씻었다. 두 아이는 시냇물에 들어가 발을 문지르고 나와 슬리퍼를 신은 뒤 부모의 행동을 지켜보았다. 비토리아 어멈은 준비를 마치고 일어섰지만, 파비아누는 성질을 내며 씩씩댔다. 빌어먹을 구두 한 짝은 억지로 쑤셔 넣었지만, 다른 한 짝은 꼼짝도 하지 않았다. 신발 끈을 잡고 안간힘을 써봤지만, 아무런 소용이 없었다. 비토리아 어멈의 조언은 파비아누의 화만 더 돋울 뿐이었다. 망할 놈의 발뒤꿈치를 신발 안에 넣을 방법이 없었다. 더 세게 당기자 뒤쪽 끈마저 끊어져버렸다. 소몰이꾼은 손을 넣어 신발을 힘껏 늘려보기까지 했다. 하지만 결국 그마저 실패하자 그대로 절뚝거리며 거리를 다니기로 마음먹고 자리에서 일어섰다. 파비아누는 화가 머리끝까지 났지만, 일말의 희망을 가지고 바닥을 향해 강하게 발길질을 했다. 피부가 압착되고 뼈가 터지는 소리가 났다. 젖은 양말이 찢어지며 구겨져 있던 발이 가죽 사이로 밀려 들어갔다. 파비아누는 만족과 고통의 한숨을 내쉬었다. 그러고는 목에 딱딱한 셔츠 깃을 달려고 했지만, 손가락이 떨려 할 수 없었다. 비토리아 어멈이 그를 도왔다. 좁은 구멍에 단추가 채워졌고 넥타이도 맸다. 더럽고 땀이 흥건한 손 때문에 셔츠 깃에 검은 얼룩이 남았다.

"이제 됐어." 파비아누가 웅얼거렸다.

가족은 작은 나무다리를 건너 시내 중심가에 도착했다. 비토리아 어멈은 신발 굽 때문에 걸을 때마다 뒤뚱댔고, 우산을 지팡이 삼아 손잡이는 아래로, 뾰족한 부분은 위로 향하게 한 채 손수건에 감아 들고 있었다. 왜 비토리아 어멈이 우산의 뾰족한 부분은 위로, 손잡이는 아래로 향하게 한 채 들고 다녔는지는 모른다. 어멈 자신도 이유를 설명할 수 없을 것이다. 하지만 다른 세르탕 여자들이 그렇게 하고 다니는 것을 항상 봤기 때문에 어멈은 그 관습을 따랐다.

파비아누는 잔뜩 긴장한 채 걸었다.

두 아이는 가로등을 바라보며 엉뚱한 상상을 했다. 아이들은 호기심보다는 두려움을 느꼈다. 그래서 사람들의 주목을 끌까봐 천천히 걸었다. 아이들은 농장과는 다른 놀라운 세상이 푸른 협곡에 존재한다고 생각했었다. 하지만 그곳은 이상했다. 어떻게 그렇게 많은 집과 사람이 있을 수 있을까? 사람들은 다툴 게 분명했다. 거기 사는 사람들이 화를 내며 자신들이 가판대 사이를 돌아다니지 못하게 하는 것은 아닐까? 아이들은 머리를 쥐어박히고 귀를 비틀리는 것에 익숙했다. 어쩌면 모르는 사람들은 비토리아 어멈처럼 행동하지 않을 수도 있지만, 아이들은 몸을 움츠린 채 벽에 기대 귓가를 울리는 이상한 소음에 반쯤 얼이 빠져 있었다.

가족은 성당에 도착해 안으로 들어갔다. 발레이아는 불안한 듯 인도를 돌아다니며 거리를 바라보았다. 강아지가 생각하기에 밤에는 모든 것이 어두워야 했고, 거리를 활보하는 사람들은 잠자리에 들어야 했다. 주둥이를 들어 냄새를 맡자 재채기가 나올 것 같았다. 주변에서는 고성방가가 끊이지 않았고 불야성을 이룬 듯 밝았지만, 정작 강아지를 괴롭힌 것은 그 연기 냄새였다.

놀란 것은 아이들도 마찬가지였다. 갑자기 넓어진 세상에서 파비아누와 비토리아 어멈은 아이들의 눈에 제단의 성상들보다 훨씬 작아 보였다. 아이들은 제단을 본 적이 없었지만, 귀중한 물건들일 거라고 짐작했다. 불빛과 노래는 아이들을 사로잡았다. 농장의 불빛이라고는 부엌의 돌화로 사이에 비치는 장작불과 흙벽에 박힌 나무 막대에 대롱대롱 매달아놓은 등유 램프가 전부였다. 노래는 비토리아 어멈의 찬송가와 파비아누의 소몰이 소리가 고작이었다. 소몰이 소리는 소를 무기력하게 만드는 슬프고 단조로운 가사 없는 노래였다.

파비아누는 말없이 불 켜진 초와 성화들을 바라보았다. 새 옷은 영 불편했다. 고개는 빳빳했고 발바닥은 타들어가는 것 같았다. 주변에서 사람들까지 그를 밀어대는 통에 갑갑하기 이를 데 없었다. 그는 아르마딜로처럼 늘 가죽 바지와 조끼, 가슴 보호대를 걸친 채 지냈다. 하지만 짐승의 등에 올라타면 카칭가를 날아다녔다. 지금은 옴짝달싹할 수조차 없었다. 사람들의 손과 팔이 그의 몸을 스쳤다. 그는 얻어맞고 감옥에 갇혀 밤을 보낸 일을 떠올렸다. 지금 느끼는 감정은 그때와 크게 다르지 않았다. 마치 사람들의 손과 팔이 그를 붙잡아 제압한 뒤 한쪽 구석에 밀어 넣고 압사시키려는 것처럼 느껴졌다. 그는 주위 사람들의 얼굴을 바라봤다. 분명히 그곳에 모인 사람들은 그에게 관심조차 없었지만, 파비아누는 적들에게 둘러싸인 느낌이었다. 문제가 생겨 밤을 망치게 될까봐 두려웠다. 그는 숨을 크게 내쉬며 부질없이 모자로 부채질을 하려 했다. 사람들 틈바구니에 끼어 움직일 수가 없었다. 서서히 그는 군중 사이를 헤치며 성수대 쪽으로 빠져나갔다. 하지만 아내와 아이들을 잃어버리게 될까봐 멈추었다. 발끝에 힘을 주며 몸을 들어 올리자 통증이 밀려왔다. 발뒤꿈치가 벗겨져 몹시 따가웠다. 기둥 뒤에서 비토리아 어멈의 올린 머리가 언뜻 보였다. 아이들도 아내와 함께 있을 터였다. 성당 안은 점점 더 사람들로 가득 찼다. 아내의 머리를 보려면 얼굴을 돌려 몸을 뻗쳐야 했다. 셔츠 깃이 그의 목을 찌르고 있었다. 구두와 셔츠 깃은 절대 빠질 수 없었다. 샌들을 신고 풀어 헤친 면 셔츠 아래로 털이 수북한 가슴을 보인 채 구일기도를 올릴 수는 없었다. 그것은 무례한 행동이었다. 그는 신앙심이 깊었고, 1년에 한 번은 성당에 발을 들였다. 그리고 언제나 제대로 된 옷을 갖춰 입고 왔다. 바지와 다림질을 한 재킷, 부드러운 가죽 구두, 중절모, 셔츠 깃과 넥타이를 갖춰 입었다. 전통이라는 굴레에 얽매여 고달팠지만, 전통을 어길 생각은 단 한 번도 해본 적이 없었다. 그는 자신이 의무를 다하고 있다고 믿었고, 단정하게 보이려고 애썼다. 하지만 점점 의지가 약해졌다. 자연스럽게 등은 구부정해졌고 팔은 제멋대로 움직였다.

도시의 사람들과 비교했을 때, 파비아누는 자신이 열등하다고 인식했다. 그래서 다른 사람들이 자신을 조롱하는 것이 아닐까 의심했다. 그는 얼굴을 찡그리며 대화를 피했다. 사람들은 그의 무언가를 빼앗기 위해서 그와 말을 섞었다. 상인들은 양과 가격, 그리고 계산을 속여 이득을 취했다. 주인은 펜과 잉크로 그가 이해할 수 없는 계산을 해댔다. 마지막으로 그와 만났을 때 숫자를 혼동했던 파비아누는 뜨거워진 머리로 자신이 속았다는 것을 확신하고는 화가 잔뜩 난 채로 백인의 사무실을 나왔다. 모든 사람이 그에게 손해를 입히지 못해 안달이었다. 점원, 상인, 그리고 주인은 그의 피를 빨아댔고, 그와 거래할 일이 없는 사람들은 절뚝대며 거리를 지나가는 그를 보며 비웃었다. 그래서 파비아누는 그런 사람들을 멀리했다. 파비아누는 테르타 아주머니가 직접 재단하고 바느질해서 만들어준 새 옷과 셔츠 깃, 넥타이, 구두, 그리고 중절모 때문에 자신이 우스꽝스러워 보인다는 걸 알았지만 그것에 대해 생각하고 싶지 않았다.

"게으름뱅이, 도둑놈, 수다쟁이, 아무짝에도 쓸모없는 하찮은 놈들."

그는 그 도시의 모든 주민이 나쁘다고 확신했다. 입술을 깨물었다. 그런 말을 입 밖으로 꺼내서는 안 됐다. 작은 실수로 마체테 칼에 맞고 감옥에서 밤을 보냈다. 그래, 그 노란 제복의 군인…… 머리를 저으며 그 불쾌한 기억을 떨쳐버린 뒤 사람들 사이에서 친숙한 얼굴이 있는지 찾아보았다. 아는 사람을 만나면 그를 길가로 불러내 안아주고 미소 지으며 박수를 쳐줄 것이다. 그러고 나서 소에 대해 이야기할 것이다. 그는 떨렸다. 비토리아 어멈의 올린 머리를 찾으려고 애썼다. 아내와 아이들에게서 멀어지지 않도록 조심해야 했다. 그는 가족들이 있는 곳을 향해 다가갔고, 성당에서 사람들이 빠져나가기 시작할 즈음이 되어서야 겨우 다시 만났다.

그들은 사람들에게 떠밀려 계단을 내려왔다. 사람들에게 떠밀리며 생채기가 생기자 파비아누는 다시 그 노란 제복의 군인을 떠올렸다. 광장에서 그는 자토바 옻나무 옆을 지나갈때 얼굴을 돌렸다. 아무런 이유 없이, 그 빌어먹을 놈이 그에게 시비를 걸며 발을 밟았다. 그는 점잖게 피했다. 그러나 상대방이 계속 괴롭히자 결국 인내심을 잃고 화를 냈다. 그 대가로 마체테 칼에 등을 얻어맞고 감옥에서 하룻밤을 보내야했다.

그는 아내와 아이들에게 회전목마를 태워주고 잠시 목마가돌아가는 것을 즐겁게 바라보았다. 이어서 그는 가족들을 데리고 노름판으로 향했다. 몸을 긁적이며 손수건을 꺼내 풀고는, 돈을 세며 요트다이스 게임에 돈을 걸까 고민했다. 만약운이 좋다면, 비토리아 어멈의 꿈인 생가죽으로 된 침대를 살수 있을 것이다. 술집에서 카샤사 한 잔을 들이켜고는 돌아와

눈짓으로 아내의 의견을 물으며 어떻게 할지 망설였다. 비토리아 어멈은 반대하는 몸짓을 보였고, 파비아누는 이나시우 씨의 가게에서 노란 제복의 군인과 함께 했던 노름을 떠올리며 한발 물러섰다. 군인은 그를 속였다. 그것은 분명 속임수였다. 파비아누는 술집으로 다가가 더 많은 카샤사를 들이켰다. 그는 점점 뻔뻔해졌다.

"축제는 축제군."

파비아누는 다시 한 잔 더 들이켜고는 우쭐해져서 시비를 걸듯 사람들을 바라보았다. 그는 무모한 짓을 감행하기로 결심했다. 만약 노란 제복의 군인을 만나게 된다면 그와 한판 붙을 것이다. 파비아누는 가판대 사이를 거만하게 걸어 다니며 상처가 난 것도 개의치 않은 채 발로 땅을 찼다. 그 사악한 놈에게 자신이 어떤 사람인지 보여주고 제대로 한 방 먹이고 싶었다. 아내와 아이들, 그를 따르는 이들에게는 관심조차 없었다.

"사람답게 나와!" 그는 소리쳤다.

광장을 가득 메운 소음 탓에 아무도 그의 도발에 주목하지 않았다. 그러자 파비아누는 과자 가판대 너머로 몸을 숨겼다. 제정신이 아니었지만, 완전히 분별력을 잃은 것은 아니었다. 거기서라면 그는 화를 내고, 보이지 않는 적들을 위협하고 모욕할 수 있었다. 서로 다른 상반된 힘에 휩쓸려 그는 스스로를 위험에 노출시키면서도 신중을 기했다. 그러한 도발이 위험하다는 것을 알았고, 갑작스럽게 노란 제복의 군인이 나타나 군홧발로 자신의 발을 짓밟지 않을까 두려웠던 것이다. 노란 제복의 군인은 실속이 없었지만, 동료들과 함께 있을 때는 후광을 뒤에 업고 엄한 짓을 할 수도 있었다. 피하는 것이 상책이었다. 그러나 종종 그에 대한 기억은 공포스럽게 다가왔다. 그리고 파비아누는 복수를 하고 싶었다. 술의 힘을 빌리자 파비아누는 강해졌다.

"그 용감한 놈 어디 있어? 누가 나한테 감히 못생겼다고 했어? 사람답게 나타나보라고."

파비아누는 우물거리는 말투로 도전장을 던졌고, 누군가 들었을까봐 괜스레 두려웠다. 아무도 나타나지 않았다. 그러자 파비아누는 큰 소리로 엄포를 놓으며 모두가 약해빠지고 소심한 겁쟁이들이라고 소리쳤다. 한참을 떠들던 그는 근처에 자신을 두려워하는 사람들이 숨어서 지켜보고 있다고 생각하며 그들을 모욕했다.

"이 ……무리들."

식은땀이 흐르며 말문이 막혔고 입안에 침이 가득 고였다. 무슨 말을 해야 할지 생각이 나지 않았다. 무슨 무리란 말인가? 그 말이 생각날 듯 생각이 나지 않았다. 꿀 먹은 벙어리처럼 아무런 말도 내뱉지 못했다. 파비아누는 침을 뱉었고,

그의 눈동자가 아내와 아이들을 멍하니 응시했다. 그는 몇 걸음 뒤로 물러나며 구토를 하기 시작했다. 그러고는 다시 불빛 쪽으로 다가가 한 상점 앞 인도에 절뚝거리며 앉았다. 그는 힘이 빠져 기운이 없었다. 열정이 식어갔다. 무슨 무리를 말하고 싶었던 것일까? 그는 무엇을 찾고 있는지도 모르는 채 계속 그 질문을 반복했다. 아내의 얼굴을 가까이서 살펴보았지만, 누구인지 알아볼 수 없었다. 비토리아 어멈은 그의 상태를 알아챘던 것일까? 주변에는 다른 세르탕 사람들이 대화를 나누고 있었고, 파비아누는 그들을 피곤하게 여겼다. 만약 그가 식은땀을 흘리며 구토를 하지 않았다면 그들과 한바탕 싸움을 벌였을 것이다. 정신없는 그를 괴롭히며 사람들이 취조하듯 질문을 퍼붓자 그는 그 사람들이 인도에 앉아 있을 권리가 없다는 생각이 들었다. 그들이 자신을 아내, 아이들, 그리고 강아지와 함께 조용히 내버려두기를 원했다. 무슨 무리를 말하고 싶었던 것일까? 그는 거친 소리로 손뼉을 치며 외쳤다.

"이 개 같은 무리들."

집요하게 찾고자 했던 표현을 발견하자 기뻤다. 개 같은 무리. 분명 그와 같은 세르탕 사람들은 그저 개에 불과했다. 손으로 아내와 아이들을 찾았고, 그들이 옆에 앉아 있다는 것을 확인했다. 목이 뻣뻣해지면서 그의 얼굴이 비틀렸고, 입안에 다시 침이 가득 고였다. 그는 침을 뱉었다. 이내 평온을 되찾은 그는 깊게 숨을 내쉬며, 입술에 매달려 있는 침 줄기를 손가락으로 훑었다. 현기증이 나고 윙윙대는 이상한 소리가 귀에서 울렸다. 그는 맹세컨대 위험을 무릅쓰고 용기를 보여주었다. 동시에 그는 잘못을 저질렀다고 생각했다. 지금은 피곤하고 졸렸다. 그가 카샤사에 취해 떠들고 있었을 때는 발에 난 상처가 아무렇지도 않았다. 그러나 술이 깨자 구둣발이 너무 아팠다. 그는 구두와 양말을 벗고, 셔츠 깃과 넥타이, 재킷을 모두 풀어 헤친 뒤 돌돌 말아 베개를 만들었고, 시멘트 바닥에 누워 중절모로 눈을 가렸다. 그렇게 그는 속이 메스꺼운 상태로 잠이 들었다.

비토리아 어멈은 어찌할 줄을 몰랐다. 원하는 것을 얻기 위해 인생을 바꿔보고 싶었지만 어떻게 해야 할지 몰랐다. 어멈은 과자 판매상의 의자 너머, 가판대 뒤편 광장 안쪽에 몸을 숨겼다. 어멈은 망설이며 자리에서 일어났다가 다시 웅크리고 앉았다. 남편과 아이들을 저대로 버려두고 갈 수 있을까? 어멈은 마음을 다잡으며 체념한 듯 사방을 둘러보았다. 어멈의 필요는 절박했다. 몰래 광장을 빠져나와 상점 모퉁이로 향했다. 그곳에는 한 무리의 아낙이 모여 앉아 있었다. 비토리아 어멈은 다른 집들의 모습과 종이 등불을 바라보며 하염없이 울었고, 그 눈물이 바닥과 다른 세르탕 아낙들의 발을 적셨다. 가족 곁으로 돌아간 어멈은 주머니에서 진흙으로 만든 담뱃대를 꺼내 연초를 채워 넣은 뒤 불을 붙였다. 몇 모금 깊숙이 빨아들인 뒤 만족스러운 표정으로 담배 연기를 길게 내뿜었다. 그제야 광장의 바삐 움직이는 사람들, 경매대, 늘어놓은 불꽃놀이 폭죽이 어멈의 눈에 들어왔다. 사실 삶은 나쁘지 않았다. 가뭄 때 겪은 끔찍한 피난길을 떠올리면 소름이 끼쳤다. 이글이글 타오르는 길 한복판에서 어멈은 말라붙은 뼛조각과 나뭇가지를 보았다. 나쁜 기억을 떨쳐버리고 아름다운 것들에 주목하려고 노력했다. 사람들과의 수다는 달콤했고, 콧소리 같은 멜로디가 흘러나오는 회전목마의 오르골이 쉴 새 없이 거리에 울려 퍼졌다. 비토리아 어멈에게 좋은 삶은 제분소의 토마스 씨의 것과 똑같은 침대를 갖는 일이었다. 자신이 자는 나무살 침대만 생각하면 절로 한숨이 나왔다. 어멈은 그 자리에 웅크리고 앉아 담배를 피우며, 축제를 놓치지 않기 위해 눈과 귀를 활짝 열었다.

아이들은 사라진 강아지 때문에 안절부절못한 채 소곤대며 의견을 나누고 있었다. 아이들은 어머니의 소매를 잡아당겼다. 발레이아는 어디로 갔을까요? 비토리아 어멈은 귀찮다는 듯 팔을 들어 올리고는 담뱃대로 대충 두 방향을 가리켰다. 아이들이 다시 물었다. 강아지는 어디에 있을까요? 성당, 종이 등불, 바자회, 노름판, 불꽃놀이 폭죽에는 전혀 관심 없이 아이들은 오직 지나가는 사람들의 다리만 바라보았다. 불쌍한 강아지는 사람들한테 발길질당하며 길을 헤매고 있을 게 분명했다.

갑자기 발레이아가 나타났다. 인도로 뛰어올랐고 여자들의 치마 사이로 뛰어들어 파비아누를 넘어서는 친구들에게 달려갔다. 혀로 핥고 꼬리를 흔들며 온몸으로 기쁨을 표시했다. 큰아이가 발레이아를 끌어안았다. 강아지는 다친 곳 없이 안전했다. 아이들은 자신들이 얼마나 놀라고 걱정했는지 설명하려고 했지만, 발레이아는 그런 설명 따위에는 별 관심이 없었다. 강아지는 가족들이 알 수 없는 냄새로 가득한 이상한 곳에서 시간을 허비하고 있다고 생각했다. 불만을 토로하며 짖고 싶었지만, 아무도 자신의 말에 귀를 기울이지 않을 것이라는 걸 깨닫고는 몸을 움츠리며 꼬리를 내린 채 주인의 손길에 순순히 몸을 맡겼다.

아이들의 생각도 강아지와 비슷했다. 그제야 아이들의 눈에 상점, 술집, 노름판이 들어왔다. 아이들은 놀라워하며 서로 이야기했다. 세상에는 정말로 많은 사람이 있다는 것을 알게 됐다. 수많은 물건을 발견하는 재미도 쏠쏠했다. 아이들은 자신이 발견한 놀라운 것들에 대해 속삭였다. 그렇게 많은 놀라운 일들을 한꺼번에 상상하는 것은 불가능했다. 작은아이는 의구심이 생겼고, 조심스럽게 형에게 물었다. 저 모든 것을 사람이 만들었을까? 큰아이는 주저하며 상점, 불이 환하게 켜진 술집, 잘 차려입은 젊은 여성들을 살폈다. 아이는 어깨를 으쓱했다. 모두 사람이 만든 것일지도 몰랐다. 그러자 새로운 의문이 그의 마음에 생겨났고, 동생의 귀에 속삭이며 말했다. 어쩌면 저것들은 이름이 있을지도 몰라. 작은아이는 형에게 눈으로 물었다. 그랬다. 성당의 제단과 상점의 선반에 진열된 귀중품들에는 분명 이름이 있었다. 아이들은 그 복잡한 문제에 대해 토론하기 시작했다. 사람들은 어떻게 그렇게 많은 단어를 기억할 수 있을까? 그것은 불가능했다. 그 누구도 그렇게 방대한 양의 지식을 지니고 있을 수는 없었다. 이름이 없는 모든 것은 사람들에게서 멀어지고 신비로운 존재가 된다. 그것은 사람에 의해 만들어진 것이 아니었다. 그런데도 그것을 다루는 사람들은 경솔한 행동을 하곤 했다. 멀리서 보면 그것은 그저 아름다울 뿐이다. 하지만 그 아름다움에 경외심을 지닌 아이들은 그곳에 봉인되어 있을지 모를 이상한 힘이 풀려나오지 않도록 조용히 속삭였다.

발레이아는 졸다가 때때로 머리를 흔들며 코를 킁킁댔다. 도시는 강아지를 혼란스럽게 하는 땀 냄새로 가득 차 있었다.

비토리아 어멈은 가판대 사이를 누비며 제분소의 토마스 씨가 가지고 있던 진짜 침대를 구분할 수 있게 되었다.

파비아누는 가죽 구두를 목에 베고 중절모로 눈을 가린 채

사지를 뻗치고 누워 코를 골며 자고 있었다. 그는 악몽에 시
달렸다. 발레이아는 그에게서 낯선 냄새를 맡았다. 파비아누
는 가쁜 숨을 몰아쉬며 심하게 잠꼬대를 했다. 수많은 노란
제복의 군인들이 나타나 거대한 군홧발로 그의 발을 짓밟으
며 무시무시한 마체테 칼로 그를 위협했다.

발레이아

강아지 발레이아는 죽어가고 있었다. 살이 많이 빠진 데다 털도 듬성듬성했고, 분홍빛 살갗 위로 척추뼈가 돌출되어 있었다. 살갗에 생긴 어두운 반점에는 고름이 생겨 피가 흘렀고 파리가 꼬였다. 입안에 난 상처로 입술이 부어올라 먹지도 마시지도 못했다.

파비아누는 발레이아가 광견병 초기 증상을 보인다고 생각해서 강아지의 목에 불로 태운 옥수수 속대로 만든 묵주를 걸어주었다. 그러나 발레이아의 상태는 계속해서 나빠졌고, 한시도 가만히 있지 못하고 축사 기둥에 몸을 문지르거나 숲으로 들어가 축 처진 귀와 털이 다 빠진 뭉툭한 꼬리를 흔들며 모기를 쫓곤 했다. 하지만 방울뱀 꼬리와 비슷하게 꼬리 앞쪽은 두껍고 곱슬곱슬한 털이 무성했다.

파비아누는 강아지를 죽이기로 결심했다. 그는 수발총을 가져와 사포로 닦은 뒤 꽂을대로 총열 안을 청소했다. 강아지가 너무 고통받지 않도록 총을 잘 조준할 생각이었다.

비토리아 어멈은 놀란 아이들을 이끌고 침실로 들어갔다. 아이들은 나쁜 일이 생길 것을 예상하고 계속 같은 질문을 반복했다.

"발레이아한테 뭐 하려고 하는 거예요?"

아이들은 총알과 화약을 꺼내는 모습을 봤던지라 파비아누의 태도에 불안해하며 발레이아에게 위험이 닥칠 것이라고 짐작했다.

발레이아는 가족이었다. 셋은 늘 함께 놀았다. 발레이아는 사실상 사람과 별 차이가 없었다. 강가의 모래와 푹신한 거름 더미 위에서 함께 뒹굴었다. 거름 더미는 염소 우리를 가릴 정도로 나날이 높이 쌓여갔다.

아이들은 빗장을 풀어 문을 열려고 했지만, 비토리아 어멈은 나무살 침대로 아이들을 데리고 가서 귀를 막았다. 큰아이의 머리를 무릎 사이에 끼고 작은아이의 귀를 손으로 가렸다. 아이들이 저항하자 나지막이 힘주어 말하며 아이들을 제압하려고 애썼다.

어멈은 마음이 무겁긴 했지만 받아들이기로 했다. 분명 파비아누가 옳은 결정을 내렸을 것이라고 생각했다. 가여운 발레이아.

아이들은 발버둥 치고 악을 쓰며 소리를 질렀다. 비토리아 어멈의 힘이 살짝 풀린 사이에 큰아이가 재빨리 빠져나갔다. 어멈은 욕설을 내뱉었다.

"빌어먹을 놈."

아이를 다시 붙잡기 위해 한동안 실랑이를 벌이다 어멈은 실제로 화가 뻗쳤다. 나쁜 자식. 어멈은 빨간색 담요와 나뭇잎 무늬 치마로 감싸 안은 아이의 머리를 세게 쥐어박았다.

점차 화가 수그러들었고, 비토리아 어멈은 아이들을 달래며 병에 걸린 암캐가 원망스러워져 온갖 타박을 늘어놓기 시작했다. 더러운 짐승, 침이나 질질 흘리고 다니는 주제에, 집에 미친개를 돌아다니게 풀어놓는 것은 말도 안 되는 일이야. 그러나 어멈은 자신이 너무 가혹하다는 것을 깨달았다. 발레이아가 미쳐버릴 것이라고는 생각지도 못했었다. 어멈은 안타까운 마음에 꼭 그렇게 죽여야 하는지, 남편이 하루만 더 지켜보며 기다렸으면 좋겠다고 생각했다.

그 순간 파비아누가 손가락으로 테라스를 두드리며 돌아다니기 시작했다. 비토리아 어멈은 목을 움츠리며 어깨로 귀를 막으려 했다. 하지만 이내 아무런 소용이 없다는 것을 깨닫고는 아이의 손을 잡은 채 팔을 들어 머리의 일부라도 가리려 애썼다.

파비아누는 테라스를 배회했다. 바라우나 옻나무와 축사의 문을 바라보며 보이지 않는 개에게 보이지 않는 사냥감을 쫓으라고 명령했다.

"에코! 에코!"

그 후, 그는 거실로 들어가 복도를 지나 부엌의 낮은 창문으로 다가갔다. 마당을 살피다 맨살이 다 드러난 살갗을 예루살렘 가시나무에 문지르며 몸을 긁고 있는 발레이아를 발견했다. 파비아누는 총을 들어 얼굴에 갖다 댔다. 강아지는 의심의 눈초리로 주인을 바라보았다. 그러더니 나무 주변을 돌다 반대편으로 슬쩍 피해 잔뜩 경계하는 모습으로 검은 눈동자만 반짝이며 몸을 웅크렸다. 이런 행동에 짜증이 난 파비아누는 창문을 뛰어넘어 축사의 울타리를 따라 몰래 다가가 모서리에 있는 기둥에 멈춰 다시 총을 얼굴에 갖다 댔다. 개가 정면을 보고 있어 조준하기 어려웠기 때문에 몇 발짝 앞으로 더 나아갔다. 카칭가 관목에 이르자 조준을 달리해 방아쇠를 당겼다. 탄환은 뒷다리를 관통했고, 발레이아의 한쪽 다리를 못 쓰게 만들었다. 강아지는 처절하게 울부짖었다.

총성과 개 짖는 소리가 들리자 비토리아 어멈은 성모송을 읊조렸고, 아이들은 침대를 구르며 큰 소리로 울부짖었다. 파비아누는 집으로 돌아왔다.

발레이아는 황급히 도망쳤다. 진흙탕 주변을 돌다 왼쪽 작은 뒤뜰로 들어섰다. 패랭이꽃과 쑥이 심어진 화단 옆을 지나서 울타리의 구멍을 통해 안뜰로 빠져나와 세 발로 달렸다. 테라스 방향으로 가려다 파비아누를 만날까봐 염소 우리로 향했다. 어디로 가야 할지 몰라 잠시 그곳에 머무는가 싶더니 무작정 밖으로 뛰어나갔다.

소달구지 앞에서 뒷다리 하나가 빠졌다. 피를 철철 흘리면서도, 힘겹게 다리를 질질 끌며 사람처럼 두 발로 걸었다. 발레이아는 뒤로 돌아가 소달구지 아래에 숨고 싶었지만 바퀴가 무서웠다.

주아 대추나무 쪽으로 향했다. 나무뿌리 아래에 부드럽고 움푹한 구덩이가 하나 있었다. 발레이아는 그곳에서 뒹구는 것을 좋아했다. 먼지를 뒤집어쓰면 파리와 모기를 피할 수 있었고, 일어나면 상처에 건조한 잎과 나뭇가지가 붙어 다른 동물들과 다르게 보였다.

발레이아는 멀리 떨어진 그 구덩이에 도달하기 전에 쓰러졌다. 일어나려고 애쓰며 머리를 들어보았지만, 앞다리가 축 처진 채 꼼짝하지 않았고 나머지 몸도 옆으로 늘어져 있었다. 이렇게 비틀린 자세로 발레이아는 힘겹게 몸을 움직였다. 땅바닥에 발톱을 박은 채 발로 기며, 작은 조약돌을 붙잡고 버티기 위해 버둥댔다. 마침내 발레이아는 힘을 잃고 아이들이 죽은 뱀을 던지던 돌무지 곁에서 무너졌다.

끔찍한 갈증이 발레이아의 목을 태웠다. 발레이아는 다리를 보고 싶었지만 그럴 수 없었다. 뿌연 안개가 시야를 가렸다. 발레이아는 짖기 시작했고, 파비아누를 물어뜯고 싶었다. 하지만 실제로 짖지는 못했다. 그저 나지막이 울부짖었을 뿐이다. 그 울음소리마저 점점 잦아들더니 이내 거의 들리지 않았다.

태양 빛에 눈이 부셔 몸을 앞으로 약간 움직여 돌무지 옆 웅덩로 피했다.

고통스러워하며 발레이아는 다시 자신의 몸을 바라봤다. 무슨 일이 일어나고 있는 것일까? 안개는 점점 짙어지면서 가까워졌다.

언덕에서 내려오는 기니피그의 좋은 냄새를 맡았지만, 그 냄새는 희미했고 그 안에는 다른 생명체의 흔적도 섞여 있었다. 산비탈이 아주 멀리 떨어져 있는 것 같았다. 발레이아는 코를 벌름대며 천천히 공기를 들이마셨다. 언덕에 올라 자유롭게 뛰어다니는 기니피그를 쫓고 싶었다.

발레이아는 고통스럽게 헐떡이기 시작했다. 마치 짖고 있는 것처럼 입이 벌어졌다. 타들어가는 입술을 혀로 핥았지만 아무런 감각도 느껴지지 않았다. 후각도 점점 둔해졌다. 기니피그들이 모두 달아난 게 분명했다.

발레이아는 기니피그를 잊은 채 다시 파비아누를 물고 싶은 생각이 들었다. 그의 모습이 희뿌연 눈앞에 나타났고, 그의 손에는 기묘한 물체가 들려 있었다. 그 물체가 무엇인지 알지 못했지만, 불길함을 감지하고 겁에 질려 떨기 시작했다. 그 물체를 피하기 위해 노력하며 꼬리를 숨겼다. 무거운 눈꺼풀을 감으며 발레이아는 꼬리를 감췄다고 생각했다. 발레이아는 파비아누를 물 수 없었다. 어느 침실의 나무살로 만든 침대 아래에서 태어나 그의 곁에서 평생을 복종하며 자랐다. 소몰이꾼이 손뼉을 치면 소를 모으기 위해 짖으며 살았다.

그 알 수 없는 물체는 계속해서 발레이아를 위협했다. 발레이아는 숨을 죽이고 이빨을 감춘 채, 속눈썹을 추어올리고는 적을 노려봤다. 한참을 그러다가 평온해졌다. 파비아누와 위험한 물체가 사라져버린 것이다.

발레이아는 힘겹게 눈을 떴다. 어느새 칠흑 같은 어둠이 드리워져 있었다. 해가 진 게 분명했다.

염소들의 방울 소리가 강 쪽으로 울려 퍼졌고, 돼지우리의 냄새가 주변에 퍼져나갔다.

발레이아는 깜짝 놀랐다. 동물들이 왜 밤에 돌아다니는 걸까? 발레이아의 임무는 일어나서 동물들을 물가로 인도하는 것이었다. 발레이아는 콧구멍을 벌름대며 아이들의 모습을 찾았다. 아이들이 옆에 없는 것이 이상하게 느껴졌다.

파비아누의 일은 기억나지 않았다. 끔찍한 일이 있었지만,

발레이아는 그 일과 자신의 무기력한 상태를 연결시켜 생각하지 못했고, 자신이 임무에서 자유로워졌다는 것도 깨닫지 못했다. 괴로운 감정이 발레이아의 작은 심장을 조여왔다. 염소들을 지켜야 했다. 그 시간 즈음이면 검은 표범이 언덕 위에 나타나 외딴 덤불숲을 어슬렁거리고 있을 터였다. 다행히 아이들은 비토리아 어멈이 담뱃대를 보관하는 선반 아래 매트에서 잠들어 있을 것이다.

겨울밤의 차가운 안개가 몰려와 작은 생명체를 에워쌌다. 완전한 정적이 감돌았다. 주변에는 생명의 기미조차 느껴지지 않았다. 늙은 수탉은 횃대에서 울지 않았고, 파비아누도 나무살 침대에서 코를 골지 않았다. 이러한 소리가 발레이아에게 중요하지는 않았다. 수탉이 날개를 퍼덕이거나 파비아누가 몸을 뒤척일 때면, 익숙한 향기로 그들의 존재를 알아차릴 수 있었기 때문이다. 지금은 농장이 텅 빈 것 같았다.

발레이아는 입을 벌린 채 빠르게 숨을 내쉬었다. 턱을 힘없이 떨구고 혀는 제멋대로 늘어뜨린 채 숨을 쉬었다. 발레이아는 무슨 일이 일어난 것인지 알지 못했다. 그 굉음과 뒷다리에 받은 타격, 그리고 진흙탕에서 안뜰 끝까지의 힘든 여정은 발레이아의 머릿속에서 점점 잊혀졌다.

발레이아는 부엌의 돌화로 사이에 누워 있는 것 같았다. 잠자리에 들기 전, 비토리아 어멈은 숯과 재를 치운 뒤 불에 탄

바닥을 빗자루로 쓸어주었다. 그곳은 강아지가 쉬기에 안성맞춤이었다. 온기가 벼룩을 쫓아주었고, 땅은 부드러웠다. 그렇게 졸다가 눈을 뜨자 수많은 기니피그가 눈앞에서 뛰어다녔다. 기니피그 떼가 부엌을 점령한 것 같았다.

몸이 떨리기 시작했다. 처음에는 배만 떨렸는데 이제 몸을 타고 올라와 가슴까지 떨렸다. 가슴 앞쪽부터 뒤까지는 모두 사라진 듯 무감각했다. 그러나 몸의 나머지 부분에서는 소름이 돋았다. 병으로 썩기 시작한 살갗을 뚫고 만다카루 선인장의 가시가 박힌 것이다.

발레이아는 지친 머리를 돌에 기댔다. 돌은 차가웠다. 비토리아 어멈이 불을 너무 일찍 꺼버린 게 분명했다.

발레이아는 자고 싶었다. 기니피그로 가득 찬 세상에서 행복하게 눈을 뜰 것이다. 그리고 덩치가 거대한 파비아누의 손을 핥을 것이다. 아이들은 그와 함께 뒹굴 것이다. 엄청나게 넓은 안뜰과 엄청나게 큰 돼지우리에서 함께 뒹굴 것이다. 세상은 온통 크고 포동포동한 기니피그로 가득 차 있을 것이다.

계산

파비아누는 수송아지 4분의 1과 새끼 염소 3분의 1을 자신의 몫으로 받았다. 그러나 그는 농장을 가지고 있지 않았기에 콩과 옥수수 몇 줌을 텃밭에 뿌려 일구는 데 그쳤고, 동물을 팔아 장에서 먹거리를 사다 먹어야 했으므로 수송아지에게 낙인을 찍거나 새끼 염소에 귀표를 달 수 없었다.

몇 개월 동안 돈을 저축할 수 있다면, 그도 어깨를 펴고 당당히 살 수 있을 것 같았다. 파비아누는 계획을 세웠다. 어리석었다. 오르지 못할 나무는 쳐다보지도 말라고 했다. 곡식이 다 떨어진 뒤, 쥐가 갉아먹고 남은 옥수수 낟알로 연명하던 파비아누는 주인에게 돈을 융통하러 가서 자신의 몫으로 건네받은 가축들을 형편없는 가격에 팔아넘겨야 했다. 그는 투덜대며 불만을 토로했다. 자신이 가진 얼마 안 되는 몫을 어떻게 해서든 늘려보려 했지만, 제대로 말도 못 하고 입을 다물었다. 다른 사람과 하는 거래였다면 그렇게 대놓고 당하진 않았을 것이다. 그는 농장에서 쫓겨나는 것이 두려웠다. 그래서 승복했다. 동전 몇 푼을 받고 훈계까지 들었다. 미래를 생각하면 지각 있게 행동해야 했다. 파비아누는 입을 벌린 채 붉어진 얼굴로 묵묵히 주인의 훈계를 들었다. 울화통이 터졌다. 갑자기 그가 버럭 소리를 질렀다.

"그만하시지요. 네발 달린 돈을 두 발 달린 사람이 어찌 따라갈 수 있겠습니까. 목구멍이 포도청이라고. 오르지 못할 나무는 쳐다보지 않는 게 맞지요."

파비아누의 가축은 점차 하나둘씩 주인의 소유가 되어 낙인이 찍혔다. 그리고 더 이상 팔 것이 없어지자 파비아누는 빚을 지게 되었다. 품삯을 받을 때마다 빚을 갚아나갔고 계산을 하고 나면 파비아누에게는 푼돈만 남았다.

그날도 여느 때처럼 품삯을 계산해보니 한숨만 나왔다. 파비아누는 구두로 거래를 어느 정도 합의한 채 아내와 상의했다. 비토리아 어멈은 아이들을 진흙탕에 가서 놀라며 내보낸 뒤 부엌에 앉아 셈에 집중했다. 어멈은 여러 종류의 씨앗을 바닥에 펼쳐놓고 더하기와 빼기를 반복했다. 다음 날 시내에 나가 거래를 마무리하며 파비아누는 비토리아 어멈의 계산이 평소 주인의 계산과 다르다는 사실을 깨달았다. 그는 항의했고 여느 때와 같은 설명을 들었다. 이자에서 비롯된 차이였다.

그는 수긍할 수 없었다. 무언가 잘못된 것이 분명했다. 그는 무지했다. 그렇다. 그는 정말 무지한 사람이었다. 하지만 그의 아내는 머리가 있었다. 백인의 장부에 오류가 있는 게 분명했다. 그러나 그 오류를 발견할 수 없었고, 파비아누는 자제력을 잃었다. 평생을 그렇게 도둑맞으며, 자신의 것을 남에게 거저 내주며 살았다! 그것이 옳단 말인가? 흑인처럼 일하고도 그에게는 자유를 보장할 노예해방 증서조차 허락되지 않는단 말인가!

화가 난 주인은 그의 무례함을 용납하지 않았다. 파비아누에게 다른 농장에서 일을 찾아보는 것이 좋겠다고 했다.

그러자 파비아누는 겁을 먹고 한 발짝 물러섰다. 네, 네, 시끄럽게 할 필요는 없지요. 만약 제가 말실수를 했다면 사과드립니다. 제가 교육을 받지 못해 무지합니다. 그는 무례한 사람이 아니었다. 자신의 위치를 알고 있었다. 자신은 카브라일 뿐이었다. 감히 어떻게 부자들과 싸울 생각을 한단 말인가? 그는 무지했다. 그랬다. 하지만 다른 사람들을 존중할 줄은 알았다. 분명 아내의 무지 탓이었을 것이다. 아마도, 아내의 무지 탓이었을 것이다. 실은 그도 아내가 셈을 할 줄 안다는 사실이 의아했다. 결국, 파비아누는 읽는 법을 몰랐기 때문에 (그랬다. 그는 무지한 사람이었다), 그의 아내를 믿었다. 파비아

누는 용서를 구하며 같은 실수를 다시는 하지 않겠다고 맹세
했다.

주인의 화가 누그러졌고 파비아누는 뒷걸음치며 밖으로 나
왔다. 나오는 길에 그의 모자가 벽돌에 쓸렸다. 문에 다다라
몸을 돌리다 박차 장식 부분에 걸려 넘어졌고, 그의 생가죽
부츠가 말발굽처럼 요란하게 땅을 박차며 나가떨어졌다.

파비아누는 구석진 곳을 찾아 잠시 멈춘 뒤 숨을 고르기 시
작했다. 그들은 그를 그렇게 대하지 말았어야 했다. 파비아누
는 광장을 향해 천천히 걸음을 옮겼다. 이나시우 씨의 선술집
앞에 다다르자 얼굴을 돌리고 멀리 돌아갔다. 노란 제복의 군
인과의 일이 발생한 후로, 파비아누는 선술집을 지나가는 것
이 두려웠다. 인도에 앉아 주머니에서 돈을 꺼내 계산하며 얼
마나 도둑맞은 것인지 가늠해보았다. 그것이 도둑질이라고
목청껏 외칠 수는 없었지만, 그것은 도둑질이었다. 그의 가축
을 거의 거저 가져가다시피 했으면서 이자까지 챙겼다. 이자
라니! 당최 이해할 수가 없었다. 그것은 음흉한 술책이었다.

"도둑놈들."

그들은 그에게 불평할 권리조차 허락하지 않았다. 그가 불
평했기 때문에, 그것을 과도하다고 여겼기에 화가 난 백인이
발끈하며 나섰던 것이다. 왜 그렇게 큰 소란을 벌였을까?

"흠! 흠!"

그는 수년 전, 가뭄이 오기 전에 멀리서 겪었던 일을 떠올렸다. 어느 날 돈이 떨어진 그는 돼지우리에서 도통 살이 오르지 않아 크리스마스 비용으로 쓰려고 아껴두었던 마른 돼지를 잡기로 했다. 예정보다 일찍 도축해서 시내에 팔러 갔다. 그러나 시청 수금원이 영수증을 들고 다가와 그의 계획을 방해했다. 파비아누는 못 알아들은 척했다. 전혀 이해하지 못한 탓도 있었다. 그는 무지한 사람이었다. 다른 동료 직원이 돼지를 팔기 위해서는 세금을 내야 한다고 설명하자 파비아누는 돼지가 아니라 돼지의 일부인 고깃덩어리일 뿐이라며 그를 설득하려 했다. 수금원이 화를 내며 욕설을 퍼부었고 파비아누는 주눅이 들었다. 네, 네, 알겠습니다. 제발. 정부의 일에는 휘말리지 않기를 바랐다. 그는 자신이 소유한 건 마음대로 처분할 수 있을 것이라고 생각했다. 세금은 전혀 이해하지 못했다.

"보시다시피 제가 무지하지 않습니까?"

그는 돼지가 자신의 것이라고 생각했다. 그런데 이젠 시청도 몫을 차지하고 있다니 더 이상 말할 필요가 없었다. 파비아누는 집으로 가 고기를 먹어치우려 했다. 고기는 먹어도 되나요? 되나요, 안 되나요? 공무원은 짜증을 내며 발을 쿵 굴렀고, 파비아누는 가죽 모자를 손에 들고 허리를 굽실거리며 용서를 빌었다.

"누가 싸우잡니까? 여기서 그만하는 편이 낫겠습니다."

그는 인사를 건네고는 자루에 고기를 넣어 다른 거리에 가서 몰래 팔려고 했다. 하지만 수금원에게 잡혀 세금뿐만 아니라 벌금까지 물었다. 그날 이후로 더 이상 돼지는 키우지 않았다. 돼지를 키우는 것은 위험했다.

그는 손바닥 위에 펼친 지폐 몇 장과 동전, 은화 몇 닢을 바라보았고 한숨을 쉬며 입술을 깨물었다. 그에게는 심지어 항의할 권리조차 남아 있지 않았다. 그는 머리를 숙였다. 만약 숙이지 않았다면, 농장에서 쫓겨나 아내와 어린 자식들, 그리고 소지품 몇 가지만 챙겨 떠나야 했을 것이다. 갈 곳은 있었을까? 아내와 아이들을 데려갈 곳이 있었을까? 그런 곳은 없었다!

그는 사방을 둘러보았다. 그의 시야를 가리는 지붕 너머로 메마르고 거친 평원이 펼쳐져 있었다. 가족과 함께 그곳에서 겪은 거칠고 험난했던 여정을 떠올렸다. 가족 모두 헐벗고 배를 주려야 했다. 그들은 살아남았고, 그에게 이것은 기적과 같았다. 그들이 어떻게 살아남았는지 도저히 알 수가 없었다.

만약 이주를 하게 된다면, 그는 자신의 억울함을 소리쳐 말할 것이다. 겉으로는 포기한 것처럼 보였지만, 그는 엄청난 증오를 느꼈다. 그것은 메마른 평원을 향한 것이기도 했고, 동시에 주인과 군인, 그리고 시청 공무원들을 향한 것이기도

했다. 사실상 모든 것이 그에게 적대적이었다. 세상의 어지간한 물정에는 단련될 대로 단련되어 있었지만, 가끔 화가 났다. 그렇게 많은 것을 견딜 만한 인내심은 없었다.

"언젠가 사람은 아무런 이유 없이 어리석은 짓을 하고 불행을 자초한다."

그도 살과 피를 지닌 엄연한 사람이 아닌가? 물론 그는 다른 사람들을 위해서 일할 의무가 있었다. 그는 자신의 위치를 알고 있었다. 괜찮았다. 그러한 운명으로 태어난 것이다. 나쁜 운명을 가지고 태어난 것은 그 누구의 잘못도 아니었다. 어쩌겠는가? 운명을 바꿀 수 있을까? 만약 더 나은 운명으로 바꿀 수 있다고 누군가 그에게 말한다면, 그는 놀랄 것이다. 그는 야생동물을 길들이고, 주술로 상처를 치료하며, 겨울부터 여름까지 울타리를 수리하기 위해 이 세상에 왔다. 그것은 운명이었다. 그의 아버지도 그렇게 살았고, 할아버지도 마찬가지였다. 그리고 그 윗대의 가족은 존재하지 않았다. 만다카루 선인장을 자르고, 가죽 채찍에 그리스 칠을 하는 것, 그것이 핏속에 있었다. 그는 운명에 순응했고, 더 이상 아무것도 원하지 않았다. 만약 그의 몫을 주었다면, 만족했을 것이다. 그러나 그의 몫은 주어지지 않았다. 그는 미천한 존재였다. 강아지나 매한가지였다. 뼈다귀나 받아먹는 존재였다. 부자들은 왜 그 뼈다귀의 일부마저 차지하려는 것일까? 그처럼 고귀한 신분을 지닌 사람들이 그런 미천한 사람들의 것까지 차지하려 한다는 사실이 역겨웠다.

손바닥 위의 지폐들이 땀에 젖어 축축했다. 그는 도둑맞은 금액을 정확히 알고 싶었다. 마지막으로 주인과 계산을 했을 때는 손해가 더 적어 보였다. 불안이 엄습했다. 그는 이자와 기한에 대해 들어본 적이 있었다. 이것은 그에게 퍽 불쾌한 인상을 주었다. 항상 약삭빠른 사람들이 그에게 어려운 말을 할 때면 그는 속아 넘어갔다. 그런 말을 들으면 화들짝 놀라기부터 했다. 그 말들은 틀림없이 도둑질을 덮으려는 수작이었다. 그러나 아름다웠다. 가끔 그는 그런 말들을 몇 개 외워 상황에 맞지 않게 사용했다. 그러고는 금세 잊어버렸다. 그와 같은 가난한 사람이 부자들이나 사용하는 말을 쓰고 다닐 일이 뭐가 있겠는가? 테르타 아주머니는 놀라운 언어능력을 가지고 있었다. 그랬다. 아주머니는 거의 도시 사람처럼 말을 잘했다. 그가 테르타 아주머니처럼 말을 할 줄 알았다면, 다른 농장에서 일을 찾아보려 했을 것이고 일자리도 금세 구했을 것이다. 그는 말을 할 줄 몰랐다. 조급해질 때마다 말을 더듬었고, 어린아이처럼 당황하거나 난처해하며 팔꿈치를 긁곤 했다. 그래서 그들이 그를 홀랑 벗겨먹은 것이다. 못된 놈들. 죽어서 묻힐 곳도 없는 불쌍한 이의 것을 빼앗다니! 그들은 그것이 옳지 않다는 것을 알지 못하는 것일까? 그렇게 해서 얻는 이득은 도대체 무엇일까? 무엇이 득이 되는 것일까?

"신이시여!"

돼지를 기르지 않는 지금은 시청이 그에게 어떤 종류의 세금과 벌금을 청구할지 궁금했다. 그들은 그가 입던 옷까지 벗기고 마체테 칼로 내려친 뒤 철창에 가뒀다. 그는 더 이상 일하지 않고 쉴 것이다.

아마 그러지 못할 것이다. 파비아누는 독백을 중단하고, 정신을 집중해 돈을 수없이 세고 다시 세었다. 돈을 꾸깃꾸깃 접어 바지 주머니에 쑤셔 넣은 뒤 좁은 단춧구멍에 뼈로 만든 단추를 채웠다. 형편없는 거래였다.

그는 카샤사를 들이켜고 싶은 생각에 일어나서 한 선술집 문 앞까지 다가갔다. 바에 많은 사람이 기대 있는 것을 보고는 발걸음을 돌렸다. 그는 사람이 많은 곳에 가는 것을 꺼렸다. 익숙하지 않았다. 때로는 그가 별다른 의도 없이 했던 말을 사람들이 다르게 이해하고 문제가 생기기도 했다. 선술집에 들어가는 것은 위험했다. 그를 이해하는 유일한 생명체는 그의 아내였다. 그녀에게는 별다른 말이 필요 없었다. 몸짓만으로도 충분했다. 테르타 아주머니만이 시내 사람들처럼 설명할 줄 알았다. 그럴 수 있다면 정말 좋았을 것이다. 자신을 지킬 수 있는 대책을 가지고 있다는 것은 정말 좋은 일이다. 그는 그렇지 않았다. 만약 그런 대책을 가지고 있었다면, 그 지경이 되지는 않았을 것이다.

　선술집에 들어가는 건 위험했다. 카샤사 생각이 간절했지만, 이나시우 씨의 가게를 마지막으로 방문했던 일이 떠올랐다. 만약 술을 마시려는 생각을 하지 않았다면, 그런 재앙은 일어나지 않았을 것이다. 술 한 잔도 편하게 마실 수가 없었다. 그렇다면 집으로 돌아가서 잠을 잘 것이다.

　파비아누는 천천히 무거운 발걸음을 옮기며 시내를 빠져나왔다. 어두운 분위기가 그를 감쌌고 박차의 장식 소리조차 들리지 않았다. 그는 잠들지 못할 것이다. 나무살 침대 한가운데에는 혹이 하나 있었다. 그런 딱딱한 침대에 누워 잔다는 건 엄청나게 피곤한 일이었다. 그는 야생마를 길들이느라 말 등에서 씨름하거나 하루 종일 울타리를 수리해야 했다. 일과를 마치고 지쳐 허물어질 때면, 사지를 뻗고 누워서 돼지처럼 코를 골았다. 이제 그는 눈을 감을 수 없을 것이다. 밤새도록 나무살 위를 구르며 그 일을 곱씹을 것이다. 미래의 모습을 그려보았다. 그는 아무것도 이루지 못할 것이다. 죽도록 일하며 남의 집 더부살이를 할 것이다. 물론 주인에게 쫓겨나지 않는다면 말이다. 그런 다음 세상을 떠돌아다닐 테고, 메마른 카칭가에서 굶어 죽을 것이다.

　파비아누는 주머니에서 연초를 꺼내 끝이 뾰족한 칼로 궐련 한 대를 만들었다. 조금이나마 기분이 좋았던 일들을 기억

해낼 수만 있다면, 인생이 완전히 나빠 보이지만은 않을 것
같았다.

그는 시내를 뒤로한 채 길을 나섰다. 머리를 들자 별이 하나
보였고, 금세 많은 별이 눈에 들어왔다. 적들의 모습이 희미해
졌다. 아내, 아이들, 그리고 죽은 강아지가 떠올랐다. 가엾은
발레이아. 가족 한 사람을 죽인 거나 마찬가지였다.

파비아누는 말라붙다못해 바싹 타들어간 호수로 이어지는 오솔길에 들어섰다. 호수는 카칭가 관목과 덤불숲으로 뒤덮여 있었다. 그는 힘겹게 발걸음을 내디뎠다. 어깨에는 짐이 가득 든 잡낭을 둘러메고 한쪽 팔에는 채찍과 소 방울을 잔뜩 들었다. 마체테 칼로 연신 풀숲을 헤치며 걷고 있었다.

그는 평소처럼 발자국을 쫓으며 바닥을 살폈다. 잿빛 암말과 그 새끼의 흔적이 눈에 들어왔다. 크기가 각기 다른 말발굽 자국이었다. 잿빛 암말이 틀림없었다. 안지쿠 아카시나무 줄기에 흰 털이 남아 있었다. 모래 위에 오줌을 싼 듯했고, 오줌 자국이 발자국 위에 흩뿌려져 있었다. 수말이었다면 그런 흔적이 남지 않았을 것이다.

파비아누는 길을 따라 만나는 이러한 표식들과 다른 작은 생명체들을 관찰하며 별다른 경계 없이 걷고 있었다. 구부정한 자세 탓에 마치 땅을 쿵쿵대는 것처럼 보였다. 황량한 카칭가에 생명력이 되살아나고 있었다. 그곳을 떠났던 짐승들이 돌아와 하찮은 그의 눈앞에까지 나타난 것이다.

그는 암말이 간 방향을 따라갔다. 약 200미터 정도 걸어갔을 때 그의 어깨에 걸친 마구가 키파 선인장에 걸렸다. 그는 마구를 풀어 내려놓고는, 마체테 칼을 꺼내 길을 가로막고 있는 키파 선인장과 파우마토리아 선인장을 잘라내기 시작했다.

금세 숲이 휑하니 드러나며 가시 돋친 선인장이 땅 위에 수북이 쌓였다. 가지가 부러지는 소리에 파비아누는 멈칫했다. 뒤를 돌자 1년 전 그를 철창에 가뒀던 노란 제복의 군인과 맞닥뜨렸다. 감옥 안에서 그는 마체테 칼로 호되게 얻어맞고 밤을 보냈었다. 파비아누는 무기를 내리쳤다. 순식간에 벌어진 일이었다. 그보다 더 짧은 찰나의 순간이었다. 조금만 더 지체했더라면, 노란 제복의 군인은 머리가 깨져 흙먼지 속에서 발버둥 치며 나뒹굴었을 것이다. 파비아누의 팔을 움직이게 한 충동이 매우 강했기 때문에 또 다른 충동이 그의 팔을 다른 방향으로 이끌지 않았다면, 그 동작만으로 충분히 살인을 하고도 남았을 것이다. 칼날은 침입자의 머리 위, 빨간색 모자 바로 위에서 갑자기 멈춰 섰다. 처음에 소몰이꾼은 아무것도 이해하지 못했다. 파비아누는 단순히 적이 그곳에 있다고

만 생각했다. 갑자기 그는 그 적이 사람이며, 심지어 사람보다 더 중요한 권위를 가진 자라는 것을 깨달았다. 강한 충격에 멈칫했다. 그의 팔이 갈 곳을 잃고 흔들리며 한쪽으로 기울었다가 다시 반대쪽으로 기울었다.

작고 깡마른 군인은 떨고 있었다. 그러자 파비아누는 다시 칼을 들어 올리고 싶어졌다. 마음은 굴뚝같았지만, 힘이 잔뜩 들어가 있던 근육은 느슨해졌다. 사람을 죽이고 싶지는 않았다. 파비아누는 나뭇가지와 가시를 피해 거칠게 말에 올랐다. 안장에 올랐을 때도 자신이 어떤 행동을 했는지 미처 인식하지 못했다. 무언가가 그를 오른쪽으로 밀쳤다가 다시 왼쪽으로 밀쳤다. 노란 제복을 입은 군인의 머리를 갈라놓으려 했던 칼날이었다. 만약 조금만 더 지체했다면, 파비아누는 용감한 카브라가 되었을 것이다. 칼이 멈췄다. 일촉즉발의 위기감이 감돌았다. 그는 주저하고 있었다. 몹시 놀라 휘둥그레진 눈으로 숨을 헐떡였고, 수염이 가득한 얼굴은 땀에 흠뻑 젖어 있었다. 땀이 흥건한 두 손가락 사이에는 마체테 칼자루가 위태롭게 들려 있었다.

군인은 두려움에 떨며 살려달라는 말을 되풀이했다. 파비아누는 너무 어이가 없어 웃기 시작했다. 저런 놈 따위를 무서워했다니? 사람이 그토록 벌벌 떠는 모습은 본 적이 없었다. 개자식. 시내에서 군인은 폼깨나 잡고 다니던 놈이 아니었던가?

장터에서는 세르탕 촌놈들의 발을 밟아대지 않았던가? 사람들을 마구 철창에 가두지 않았던가? 뻔뻔한 겁쟁이 같은 놈.

파비아누는 화가 났다. 저 자식은 왜 멧돼지처럼 이빨을 갈았던 것일까? 파비아누가 복수 같은 걸 꿈꿀 위인조차 못 된다는 것을 군인은 몰랐던 것일까? 몰랐다고? 파비아누는 얼굴을 찡그렸다. 위기감이 사라졌다. 뭐가 위험하단 말인가? 저런 놈에게는 마체테 칼 따위도 필요 없었다. 손톱 하나 까딱하는 것만으로도 충분했다. 덥수룩한 털로 덮인 그의 거친 왼손이 군인의 얼굴을 향했다. 소 방울이 딸랑거렸고 채찍이 흔들렸다. 군인은 뒤로 물러나 카칭가 관목에 몸을 기댔다. 카칭가 관목이 아니었다면 그 불쌍한 남자는 넘어졌을 것이다.

파비아누는 시뻘겋게 충혈된 눈으로 군인의 얼굴을 뚫어져라 노려보며 마체테 칼을 칼집에 넣었다. 손톱 하나 까딱하는 것만으로도 군인을 죽일 수 있었다. 파비아누는 자신이 당했던 매질과 감옥에서 보낸 밤을 떠올렸다. 그래, 그렇다. 저놈은 무해한 사람들을 학대하는 대가로 돈을 벌었다. 그게 옳은 일일까? 심하게 일그러진 파비아누의 얼굴이 짐승의 주둥이보다 더 추해 보였다. 응? 그게 옳은 일일까? 아무 해도 끼치지 않는 사람들을 괴롭히다니. 왜? 파비아누는 숨이 막히며 이마의 주름이 깊어졌다. 고통스러운 의구심에 작고 푸른 눈이 과도하게 커졌다.

군인이 움츠리며 나무 뒤로 몸을 숨겼다. 그러자 파비아누는 굳은살이 박인 손바닥에 손톱이 깊이 박힐 정도로 주먹을 불끈 쥐었다. 파비아누는 다시 눈이 멀길 원했지만 무의식의 순간이 다시 찾아오는 것은 불가능했다. 그는 무기 따윈 필요 없다는 말을 되뇌었다. 그것을 사용할 수 없으리라는 것을 잘 알고 있었다. 그저 자신을 속이고 싶었을 뿐이다. 순간, 자신이 무기력하다는 생각에 분노가 치솟았다. 걷잡을 수 없는 분노에 휩싸여 그는 적에게 다가갔다.

갑자기 분노가 사그라들며 손바닥을 파고들던 손가락의 힘이 풀렸다. 몸이 무뎌진 파비아누는 오리마냥 어정쩡한 자세로 멈춰 섰다.

카칭가 관목에 바짝 붙어 있는 군인의 팔 한쪽과 다리 한쪽, 그리고 얼굴의 일부만이 보였지만, 남자의 그 일부가 소몰이꾼의 눈에는 점점 커지기 시작했다. 그러자 숨겨진 다른 부분은 더 클 것이라는 생각이 들었다. 파비아누는 그 황당한 생각을 떨쳐내려 애썼다.

"어찌해서 사람은 이리도 어리석은 생각을 하는 것일까!"

몇 분 전만 해도 아무 생각이 없었지만, 이제는 식은땀이 나면서 견디기 힘든 기억들이 떠올랐다. 그는 폭력적인 성향의 사람이었고, 폭력을 행사하고 싶은 마음이 늘 굴뚝같았다. 아니다. 그저 가끔 화를 내는 카브라였을 뿐이다. 그리고 그런 일이 일어날 때마다 항상 일이 잘못되었다. 예를 들어 그날 오후에도 권위자의 어머니를 욕하지 않고 참았다면, 등에 채찍질을 당한 뒤 감옥에서 잠을 청하는 일 따윈 없었을 것이다. 그날 두 명의 악당이 그에게 덤벼들었고, 철봉으로 그의 가슴과 등을 내리쳤다. 파비아누는 흠뻑 젖은 닭처럼 떨면서 기어갔다. 모두 화를 내고 생각 없이 말한 탓이었다. 못 배운 탓이었다. 그게 잘못이었던 것일까? 소동이 벌어지자 군인이 호출한 장사꾼들 사이로 길을 만들었다. "앞으로 가!" 그후 매질을 당했고, 감옥에 갇혔다. 어리석은 일 때문에. 그, 파비아누에게 도발했던 것이다. 그렇지 않은가? 군화 굽으로 그의 샌들을 짓뭉갰다. 파비아누는 짜증이 나서 욕설을 퍼부었다. 누군가의 어머니를 욕하는 것쯤은 대수롭지 않았다. 왜냐하면 사람들은 누군가를 해치려는 의도 없이도 욕을 했다. 이는 모두가 알고 있었다. 대수롭지 않은 욕설이었다. 노란 제복의 군인도 분명 그것을 알고 있었을 것이다. 그러나 그렇지 않았다. 호루라기까지 불어대며 공격적으로 나섰다. 그리고 파비아누는 된통 당했다. "물러서!"

파비아누는 카칭가 관목 쪽으로 한 걸음 내디뎠다. 그가 지금 "물러서!"라고 외친다면 군인은 어떻게 할까? 물러서지 않고 나무 옆에 바짝 붙어 있을 것이다. 빌어먹을 놈, 사람은 그런 버러지 같은 놈의 어머니를 욕할 수 있었다. 그러나 그렇게 되면…… 파비아누는 입술을 실룩거리며 씩씩거렸다. 그렇게 시퍼렇게 질리다못해 죽상을 하고 있는 군인이 사람들을 감옥에 가두고 그들을 때렸다. 이해할 수 없었다. 만약 군인이 건강하고 힘이 센 존재였다면 그나마 납득을 했을 것이다. 결국 정부에게 얻어맞는 것은 치욕이 아니며, 파비아누는 오히려 그 모험을 회상하며 자부심을 느꼈을지도 모른다. 하지만 저 자식은…… 그는 투덜거리며 중얼거렸다. 왜 정부는 저런 사람들을 쓰는 것일까? 정직한 사람들을 고용하는 것이 두려웠던 게 분명했다. 그런 무리는 무해한 사람들을 물어뜯기 위해 존재할 뿐이었다. 그, 파비아누도 제복을 입으면 그렇게 될까? 노동자들의 발을 밟고 그들을 때릴까? 그럴 리가 없었다.

파비아누는 천천히 다가가 주위를 한 바퀴 돌다 군인 앞에 멈춰 섰다. 나무 기둥에 기대서 있던 군인의 눈빛에 당황한 기색이 역력했다. 허리에 찬 권총과 단검은 쓸모가 없어 보였다. 파비아누는 군인이 움직이길 기다렸다. 군인은 버러지 같은 놈이 분명했지만 제복을 입고 있었다. 그렇게 소인배처럼 휘둥그레진 눈에 하얗게 질린 입술을 덜덜 떨며, 딱딱 소리가 날 만큼 이빨을 부딪치고 있을 리 없었다. 발을 구르며 소리를 지르고, 등을 꼿꼿이 세운 채 군화 뒤축으로 샌들을 짓뭉갰어야 했다. 파비아누는 군인이 그렇게 하기를 바랐다. 그런 겁쟁이 같은 놈에게 모욕당하고 잡혀 들어가 짓밟히기까지 했다는 생각에 참을 수가 없었다. 파비아누는 군인이 겁에 질린 모습을 보며, 그보다 자신이 더 비참하고 불쌍하게 느껴졌다.

파비아누는 머리를 숙인 채 붉은 턱수염을 긁적였다. 군인이 마체테 칼을 뽑아 들지 않거나 소리를 지르지 않는다면, 그, 파비아누는 매우 못된 인간이 될 것이다.

노랗게 질린 저 겁쟁이에게 굴복해야만 하는 것일까? 파비아누는 강인하고 물러설 줄 모르는 수컷이었다. 뼛속부터 타고난 싸움꾼이었고, 허세를 부리다 싸움에 휘말리는 일이 허다했지만 지는 법은 없었다. 파비아누는 여자와 춤을 추다 술 때문에 벌어졌던 옛 싸움들을 떠올렸다. 한번은 술에 취해 주먹을 휘두르며 흑인들을 때려눕힌 적도 있었다. 그때부터 비토리아 어멈이 그를 좋아하기 시작했다. 그는 언제나 다혈질이었다. 나이가 들면서 성질이 누그러든 것일까? 몇 살쯤 되었을까? 나이를 무시하고 살았지만, 분명 나이가 들면서 약해지고 있었다. 거울이 있었다면 주름과 흰머리를 볼 수 있었을 것이다. 망가지고 부서진 한 늙은이. 변화를 느끼지 못했지만, 그는 서서히 사라지고 있었다.

굳은살이 박인 파비아누의 손이 땀에 젖었다. 그래서? 숨어서 떨고 있는 염병할 놈을 두려워하며 땀을 흘리는 것일까? 이것이야말로 큰 불행, 그러니까 가장 큰 불행이 아닐까? 아마도 그는 다시는 성질을 내지 못하고, 여생을 그렇게 둔하고 힘없이 보내게 될지도 모른다. 사람은 얼마나 변하는지! 그렇다. 그는 변했다. 춤바람을 일으키던 그 댄스홀의 파비아누와는 전혀 다른 사람이었다. 마체테 칼로 등을 흠씬 두들겨 맞고 감옥에서 잠을 청하는 순한 파비아누였다.

얼굴을 돌려 힘없이 땅에 끌리는 마체테 칼을 보았다. 그것은 마체테 칼이 아니었다. 아무 쓸모도 없었다.

그래, 쓸모가 없었다!

"누가 쓸모없다고 했지?"

그것은 진짜 마체테 칼이었다. 그렇다. 키파 선인장의 잎사귀를 자르듯 번개처럼 움직였다. 그리고 개념 없는 한 놈의 머리통을 거의 갈라놓을 뻔했다. 이제는 찢어진 칼집에 잠들어 있는 쓸모없는 물건이 되었지만, 한때는 무기였다. 그 순간이 일 초만 더 지속되었다면, 군인은 죽었을 것이다. 파비아누는 쓰러진 군인의 모습을 상상했다. 다리를 벌린 채 두려움에 질린 눈으로 머리카락을 덮은 핏줄기가 자갈밭의 오솔길을 가르는 시냇물처럼 흘러내렸다. 바로 그거였다! 군인을 카칭가로 끌고 가서 독수리에게 넘겨줄 것이다. 그러고는 일말의 양심의 가책도 느끼지 않을 것이다. 아내와 함께 평화롭게 나무살 침대에서 잠을 청할 것이다. 그런 다음 아이들에게 교육삼아 외칠 것이다. 자신은 분명 사람이라고.

파비아누가 바로 서서 군인의 눈을 똑바로 바라보자 그는 눈길을 피했다. 파비아누는 사람이었다. 여생 동안 힘없이 축 처져 지내게 될 거라고 생각한 것은 어리석은 일이었다. 끝난 인생이라고? 파비아누는 끝나지 않았다. 하지만 비틀거리며 주저앉기 바쁜 저 병약한 자를 왜 없애야 할까? 장터에서 어슬렁거리며 가난한 사람들을 모욕하는 그런 제복 입은 자들의 나약함 때문에 스스로를 쓸모없는 인간으로 만들어서는 안 된다! 파비아누는 자신을 쓸모없는 인간으로 만드는 일 따윈 하지 않았다. 그럴 가치가 없었다. 그는 힘을 비축했다.

파비아누는 주저하며 이마를 긁었다. 그런 나쁜 작은 짐승들이 많았다. 그렇게 약하고 나쁘며 작은 짐승들은 너무나 많았다.

불안한 표정으로 물러섰다. 파비아누가 비굴하고 순종적인 모습을 보이자 군인은 용기를 얻고 다가와 단호한 태도로 길을 물었다. 파비아누는 가죽 모자를 벗었다.

"정부는 정부니까요."

가죽 모자를 벗은 그는 허리를 굽힌 채 노란 제복의 군인에게 길을 알려주었다.

새 떼로 뒤덮인 세상

물가의 물룽구 산호나무가 철새들로 뒤덮였다. 나쁜 징조였
다. 세르탕은 어김없이 불타오를 것이다. 철새들이 무리 지어
와서 강가 나무에 둥지를 틀었다. 물을 마시며 쉬다가 주변에
더는 먹을 것이 없어지자 남쪽으로 이동했다. 걱정에 휩싸인
부부는 재앙이 생생히 눈앞에 펼쳐지는 듯했다. 태양이 우물을
말려버리고, 저 망할 놈의 새들은 남은 물을 축내 가축마저 죽
일 거라고.

비토리아 어멈이 그렇게 말했지만, 파비아누는 투덜대며
눈살을 찌푸렸다. 그 말이 터무니없다고 생각했다. 새들이 소
와 염소를 죽인다니, 그런 생각을 하다니! 그는 의심스러운
눈으로 아내를 바라보았다. 어멈은 제정신이 아닌 것 같았다.
그는 테라스 벤치에 앉아 맑은 하늘을 살폈다. 철새들의 그림

자에 가려진 하늘은 불길한 빛으로 가득 찼다. 깃털 달린 짐승이 가축을 죽인다니! 비토리아 어멈은 필시 정상이 아닌 것 같았다.

파비아누는 입술을 쭉 내밀며 땀에 젖은 이마를 더욱 찌푸렸다. 아내의 의도를 이해할 수 없었다. 도통 이해할 수 없었다. 그렇게 작은 짐승이! 파비아누는 더 깊이 생각하는 것을 포기했다. 그는 집 안에서 잡낭을 가져와 궐련을 만들었다. 부시를 돌에 부딪혀 불을 붙인 뒤 길게 한 모금을 빨았다. 사방을 살피고는 몇 분 동안 북쪽을 바라보며 턱을 긁었다.

"휴! 세상이 어찌 되려고!"

그곳에 오래 머물진 않을 것이다. 긴 침묵 속에 날갯짓 소리만 들렸다.

비토리아 어멈이 뭐라고 했던가? 그녀의 말이 파비아누의 머릿속에 떠올랐고, 곧 그 의미도 알 수 있었다. 철새들이 물을 마셨다. 그랬다. 가축은 갈증에 시달리며 죽어갔다. 정말 그랬다. 철새들이 가축을 죽이고 있었다. 맞는 말이었다. 생각해보면 알 수 있었지만, 비토리아 어멈은 어렵게 이야기했다. 이제 파비아누는 그녀가 무슨 말을 하려고 했던 것인지 알아차렸다. 다가오는 불행을 잊고, 비토리아 어멈의 명석함에 탄복하며 웃었다. 어멈과 같은 사람은 아주 귀했다. 생각이 있었다. 그랬다. 머릿속에 든 게 많았다. 어려운 상황에서도 해결책을 찾아냈다. 그렇게! 철새들이 가축을 죽이는 걸 알아내다니! 그리고 정말로 죽이고 있었다. 그 시각 물가의 잎도 꽃도 모두 시들어버린 물룽구 산호나무의 벌거숭이 가지에는 새 떼가 주렁주렁 매달려 있었다.

그 모습을 가까이에서 보고 싶은 마음에, 일어나 잡낭을 어깨에 둘러메고 가죽 모자와 수발총을 가지러 갔다. 그는 테라스를 내려와 안뜰을 가로질러 산비탈로 가까이 다가가며 강아지 발레이아를 생각했다. 가엾은 발레이아. 발레이아의 입에는 끔찍한 구더기가 꼬였고, 털도 빠졌다. 그는 강아지를 죽여야만 했다. 올바른 행동이었을까? 그는 그것에 대해 한 번도 생각해보지 않았다. 강아지는 아팠다. 강아지가 아이들을 물게 둘 수 있었을까? 둘 수 있었을까? 아이들을 광견병에 노출시키는 것은 미친 짓이다. 가엾은 발레이아. 강아지 생각을 떨쳐내기 위해 머리를 흔들었다. 저 망할 놈의 총 때문에 암캐의 모습이 떠올랐다. 분명 총 때문이었다. 안뜰 끝의 바위 앞에 이르자 그는 얼굴을 돌렸다. 차갑게 굳은 발레이아가 나타났다. 눈알은 독수리들이 파먹은 뒤였다.

보폭을 넓혀 산비탈을 내려가서는 충적토를 밟으며 물가로 다가갔다. 검은 물웅덩이 위로 날갯짓 소리가 미친 듯이 들렸다. 물룽구 산호나무의 벌거숭이 가지는 완전히 자취를 감췄다. 재앙이었다. 새 떼가 세르탕에 내려앉을 때마다 모든 것이 끝났다. 가축은 죽어갔고, 심지어 가시들마저 말라버렸다.

한숨을 쉬었다. 어떻게 해야 할까? 다시 도망쳐서 다른 곳에 정착한 뒤 삶을 다시 시작해야 한다. 그는 총을 들어 무작정 방아쇠를 당겼다. 대여섯 마리의 새가 땅에 떨어졌고, 나머지는 놀라 날아갔다. 타들어간 가지들이 드러났다. 하지만 점점 다시 새 떼로 덮였다. 끝없이 날아들었다.

낙담한 파비아누는 물가 산기슭에 앉아 천천히 작은 탄약을 총에 장전했고, 총알이 퍼져서 많은 적을 겨냥할 수 있도록 탄두를 꽉 눌러 넣지 않았다. 다시 방아쇠를 당겼다. 몇 마리의 새가 다시 땅으로 추락했다. 하지만 이것은 파비아누에게 아무런 즐거움도 가져다주지 못했다. 이틀 혹은 삼일 분의 식량은 족히 되었다. 만약 그가 충분한 탄약을 가졌다면, 몇 주 혹은 몇 달 동안의 식량을 확보할 수도 있었을 것이다.

그는 화약통과 탄약통을 살펴보고는 길을 떠날 생각에 떨었다. 그는 자신을 속이려고 노력했고, 나쁜 생각을 하지 않으면 길을 떠나게 될 일은 없을 것이라고 상상했다. 퀄런에 다시 불을 붙였고 웅얼대며 주의를 돌리기 위해 애썼다. 테르타 아주머니는 그 지역에서 많은 지식을 가진 사람이었다. 주인과의 계산은 어떻게 될까? 그것은 그가 결코 풀 수 없는 문제였다. 이자가 모든 것을 삼켜버리고, 결국 백인은 자신이 호의를 베푸는 것처럼 여겼다. 노란 제복의 군인은……

파비아누는 분노로 몸을 일으키며 주먹을 쥐고 허벅지를 내리쳤다. 젠장. 하나의 불행을 잊으려고 애쓰니 다른 불행들이 밀려왔다. 그는 주인도, 노란 제복의 군인도 떠올리고 싶지 않았다. 하지만 절망스럽게도 화가 난 방울뱀처럼 똬리를 틀고 있던 기억이 떠올랐다. 그는 불행했다. 세상에서 가장 불행한 사람이었다. 그날 오후에 노란 제복의 군인을 해치웠어야 했다. 마체테 칼로 베어버렸어야 했다. 비겁하고 천한 카브라는 기가 죽어 움츠린 채 길을 안내해주었다. 땀에 젖고 주름진 이마를 문질렀다. 부끄러운 일을 왜 떠올리는 걸까? 불쌍한 파비아누. 항상 이렇게 살아야 할 운명인 것일까? 나약하고 천한 카브라. 그가 그렇게 나약하지 않았다면, 캉가세이루 무리에 들어가 나쁜 짓을 일삼았을 것이다. 그러다가 매복한 군인들의 총에 맞아 죽거나 감옥에서 형을 살며 늙어갔을 것이다. 하지만 그 편이 더위에 지쳐 길가에서 죽어가는 것보다 나았다. 아내와 아이들도 그렇게 죽어갈 것이다. 날카로운 칼로 군인의 목을 따서 천천히 죽게 내버려둘 걸 그랬다. 그랬다면 지금쯤 감옥에 갇혀 존중받는 사람이 되었을지도 모른다. 제대로 된 사람. 지금은 아무도 그를 존중하지 않았다. 그는 사람이 아니었다. 아무것도 아니었다. 마체테 칼로 호되게 얻어맞고도 복수하지 못했다.

"파비아누, 내 아들아, 용기를 내거라. 부끄러운 줄 알아야 한다, 파비아누. 노란 제복의 군인을 죽여라. 노란 제복의 군인들은 죽어 마땅한 나쁜 놈들이다. 노란 제복의 군인과 그 우두머리들을 죽여라."

그는 격렬한 몸짓으로 많은 에너지를 소비했기에 숨을 헐떡이기 시작했고 목이 말랐다. 붉게 탄 얼굴에 땀이 흘러 붉은 수염을 더욱 어둡게 만들었다. 산기슭에서 내려와 소금기가 섞여 있는 물웅덩이 가장자리에 쪼그려 앉아 요란하게 손바닥으로 물을 떠 마셨다. 철새 떼가 놀라 날아올랐다. 자리에서 일어선 파비아누의 눈에 분노의 빛이 번뜩였다.

"나쁜 놈들."

그의 분노는 다시 새들에게로 향했다. 산기슭으로 돌아가 앉아 물룽구 산호나무 가지에 여러 번 총을 쏘아댔고, 바닥에는 죽은 새들의 사체가 수북해졌다. 새들은 소금에 절여 줄에 매달 것이다. 곧 있을 여정에서 식량으로 사용할 생각이었다. 나머지 돈은 탄약과 화약을 구입하는 데 사용하고, 하루 정도 물가에서 보낸 뒤 길을 떠나야 했다. 이주를 해야만 하는 걸까? 필요하다는 것을 잘 알면서도, 그는 실낱같은 희망에 매달렸다. 어쩌면 가뭄이 오지 않고, 비가 올지도 모른다. 저 저주받은 짐승들이 그를 두렵게 만든 것일 뿐이다. 새들을 잊으려고 애썼다. 하지만 눈앞에 보이는 새들을 어떻게 잊을 수 있단 말인가? 새들은 그의 머리 위를 날아다니거나 진흙 속을 휘저었고, 가지에 앉아 있거나 죽어서 땅 위에 흩어져 있었다. 새들이 없었다면, 가뭄은 존재하지 않았을 것이다. 적어도 그 순간에는 존재하지 않았을 것이다. 나중에 왔을 테고, 더 짧았을 것이다. 이 상태라면 곧 시작될 것이다. 그렇게 파비아누는 멀리서 가뭄이 다가오는 것을 느꼈다. 마치 이미 시작되기라도 한 것처럼 고된 여정의 굶주림과 갈증을, 엄청난 고통을 미리 경험하고 있었다. 며칠 전까지만 해도 채찍을 만들고 울타리를 고치며 평온한 일상을 보냈다. 갑자기 하늘에 한 무리의 새 떼가 나타나더니 또 다른 무리의 새 떼가 나타났고, 수천 마리의 새들이 무리 지어 이동하며 구름을 이루었다. 파괴를 예고하는 날갯소리가 무시무시하게 울려 퍼졌다. 샘물이 줄어드는 것을 보며 이미 어느 정도 의심하고 있었다. 그리고 길어진 아침나절의 눈부신 하얀빛과 오후의 불길하리만큼 강렬한 붉은빛의 노을을 마뜩지 않게 바라보았다. 이제 의심이 확신으로 변했다.

"나쁜 놈들."

저 저주받은 짐승들이 가뭄의 원인이었다. 만약 새들을 죽일 수 있다면, 가뭄은 사라질 것이다. 그는 격렬하게 움직이며 분노에 찬 손놀림으로 총을 재장전했다. 살갗이 벗겨지고 얼룩덜룩하며 두껍고 털이 수북한 손이 요동치는 꽂을대 위에서 떨리고 있었다.

"염병할 놈들."

그 무시무시한 재앙을 끝내는 것은 불가능했다. 그는 평원을 바라보며 자신이 고립되어 있다고 느꼈다. 자신을 잡아먹으려는 새 떼로 뒤덮인 세상에 혼자 남겨진 것 같았다. 그는 아내를 생각하며 한숨을 쉬었다. 불쌍한 비토리아 어멈은 양철 트렁크를 이고 다시 황야로 나가야 했다. 그렇게 지혜로운 사람이 자갈에 발이 찢기며 바싹 말라 타버린 땅 위를 걸어서 이동해야 한다니 가혹한 일이었다. 철새들이 가축을 죽이고 있었다. 비토리아 어멈은 그것을 어떻게 알아냈을까? 어려웠다. 그, 파비아누는 머리를 짜내도 그런 말은 할 수 없었다. 비토리아 어멈은 계산도 할 줄 알았다. 부엌에 앉아서 여러 종류의 씨앗 더미를 이용해 미우헤이스●와 같은 큰 단위의 금액부터 토스탕,●● 빈텡●●●에 해당하는 작은 금액까지 계산해냈다. 게다가 정확하게 맞혔다. 주인의 계산은 달랐고 소몰이꾼에게 불리하게 잉크로 조작되었지만, 파비아누는 그 계산이 틀렸고 주인이 속이려 한다는 것을 알고 있었다. 그렇

● 1760년대부터 포르투갈과 브라질에서 사용된 화폐단위로, 1000헤이스에 해당한다. 포르투갈에서는 1911년 '이스쿠두'로 브라질에서는 1942년 '크루제이루'로 대체되었다.

●● 100헤이스에 해당하는 브라질의 옛 화폐단위다.

●●● 20헤이스에 해당하는 브라질의 옛 화폐단위다.

게 주인은 그를 속였다. 어찌하겠는가? 파비아누는 감옥에서 밤을 지새우고, 마체테 칼에 호되게 얻어맞는 가난한 카브라였다. 반항할 수 있었을까? 할 수 없었을 것이다. 그는 카브라였다. 하지만 비토리아 어멈의 계산은 분명 정확했다. 불쌍한 비토리아 어멈. 어멈은 결코 침대에서 발을 뻗고 잘 수 없을 것이다. 자신이 가진 유일한 소망을 이룰 수 없을 것이다. 다른 사람들은 침대에서 자지 않는가? 그것이 한낱 꿈에 불과하다는 것을 알면서도 상처를 줄까봐 파비아누는 어멈의 말에 동의했다. 그들은 사람처럼 잠을 잘 수 없었다. 그리고 이제 철새들에게 잡아먹힐 것이다.

그는 산기슭에서 내려와 천천히 죽은 새들을 잡낭에 주워 담았다. 잡낭이 꽉 차서 불룩해졌다. 천천히 물가를 벗어났다. 그, 비토리아 어멈, 그리고 두 아이는 철새로 배를 채울 것이다.

만약 강아지 발레이아가 살아 있었다면, 맛있게 먹었을 것이다. 왜 가슴이 먹먹한 것일까? 가엾은 암캐. 파비아누는 병 때문에 어쩔 수 없이 발레이아를 죽였다. 그러고 나서 다시 일상으로 돌아가 채찍을 만들고 울타리를 고친 뒤 주인의 복잡한 계산을 맞닥뜨렸다. 산비탈을 올라 주아 대추나무 숲에 다다랐다. 그중 한 그루의 대추나무 뿌리 옆에서 그 가엾은 녀석은 뒹굴며 가지와 마른 잎을 온몸에 뒤집어쓰곤 했다. 파비아누는 한숨을 내쉬었고, 커다란 무언가가 내리누르듯 가슴이 무거워졌다. 잘못을 저지른 것일까? 그는 타버린 평야와 기니피그가 뛰노는 언덕을 바라보며, 카칭가 관목과 모래 언덕을 향해 광견병에 걸린 개가 아이들에게 위협이 되었다고 고백했다. 그래서 개를 죽였노라고.

그러자 파비아누의 생각이 혼란스러워졌다. 강아지에 대한 생각이 철새와 뒤섞였고 가뭄과 구분되지 않았다. 그와 아내, 두 아이는 잡아먹힐 것이다. 비토리아 어멈이 옳았다. 그녀는 영민하고 멀리 있는 일들을 감지했다. 파비아누는 놀라움에 눈이 휘둥그레져서 계속 그 생각에 빠져 있고 싶었다. 하지만 그의 야속한 마음은 넝쿨식물처럼 스멀스멀 기어오르는 암캐에 대한 기억으로 가득 찼다. 가엾은 녀석, 앙상하게 뼈만 남은 상태로 딱딱하게 굳어 있었다. 눈알은 독수리가 파먹은 뒤였다.

주아 대추나무 앞에 다다르자 파비아누는 서둘러 걸음을 재촉했다. 발레이아의 영혼이 그곳을 떠돌며 나타날지도 모른다고 생각했던 것일까?

그는 겁에 질려 집에 도착했다. 해가 지고 있었고, 그 시간이면 항상 막연한 공포를 느꼈다. 최근에 그는 연이은 불행으로 인해 맥없이 기가 죽어 있었다. 비토리아 어멈과 상의해서 길을 떠날 계획을 세우고, 철새들에게서 벗어나 강아지를 죽인 것이 부당하지 않았다는 점을 자신에게 납득시켜야 했다. 그 저주받은 곳을 떠나야 했다. 비토리아 어멈도 같은 생각일 것이다.

도주

　농장에서의 삶은 힘들어졌다. 비토리아 어멈은 두려움에 떨며 성호를 긋고 묵주를 움켜쥔 채 절박한 심정으로 연신 기도문을 읊어댔다. 테라스 벤치에 웅크리고 앉은 파비아누는 노랗게 물든 카칭가를 바라보았다. 휘몰아치는 소용돌이 바람 때문에 마른 잎사귀들이 먼지처럼 부서졌고, 검게 타들어간 가지들은 꼬부라졌다. 푸른 하늘에는 마지막 철새들이 자취를 감췄다. 점차 진드기가 끓기 시작하더니 가축들이 죽어갔다. 파비아누는 하느님께 기적을 빌며 버티고 있었다.

　농장이 텅 비자 모든 게 끝났다는 것을 깨닫고는 아내와 이주 계획을 세웠고, 자신들의 병든 송아지를 죽인 뒤 고기를 소금에 절였다. 그는 주인 몰래 가족과 함께 길을 떠났다. 그는 절대로 그 큰 빚을 청산할 수 없었다. 마치 도망친 노예처럼 세상에 뛰어드는 수밖에 없었다.

그들은 새벽에 출발했다. 비토리아 어멈은 벽의 구멍으로 팔을 넣어 앞문의 빗장을 잠갔다. 그들은 안뜰을 가로질러 문이 열려 있는 텅 빈 돼지우리와 축사, 썩어가는 소달구지, 주아 대추나무를 뒤로한 채 어둠 속에서 길을 떠났다. 아이들이 죽은 뱀을 던지던 돌무지 옆을 지나치며 비토리아 어멈은 강아지 발레이아가 떠올라 울었지만, 어둠 탓에 아무도 어멈이 울었다는 사실을 눈치채지 못했다.

산비탈을 내려가 메마른 강을 건너 남쪽으로 향했다. 새벽의 신선한 공기를 가르며 한참을 조용히 걸었다. 작은 자갈로 덮인 좁은 길 위에 네 개의 그림자가 움직이고 있었다. 아이들이 앞장서 옷가지를 싼 짐을 들고 비토리아 어멈은 칠을 한 양철 트렁크와 물독을 머리에 이고 있었다. 파비아누는 가방을 사선으로 둘러멘 채 허리춤에 단 끈에는 물통을 이어 매달고 바닥까지 끌리는 마체테 칼과 날카로운 단도를 차고서는, 한쪽 어깨에는 수발총을, 반대쪽 어깨에는 식량 자루를 짊어지고 그 뒤를 따랐다. 동이 틀 때까지 15킬로미터는 족히 걸었다.

그들은 멈춰 섰다. 파비아누는 짐의 일부를 바닥에 내려놓고, 손을 차양 삼아 이마를 가린 채 하늘을 올려다보았다. 그는 이주에 대한 확신 없이 이곳까지 이끌려 왔다. 걸음을 늦쳐 앞서가는 아이들을 나무라며 힘을 아끼라고 조언했다. 사실 그는 농장을 떠나고 싶지 않았다. 길을 떠나는 것이 무의미하게 느껴졌고, 실제로 확신이 없었다. 그는 이주를 천천히 준비했고, 미뤘다 다시 준비하기를 반복하다가 완전히 모든 것을 잃고 나서야 떠날 결심을 했다. 무덤 같은 곳에서 계속 살 수 있을까? 그 거친 땅에 대한 미련은 더 이상 남아 있지 않았다. 죽을 때까지 살 수 있는 덜 메마른 곳을 찾을 것이다. 말은 그렇게 했지만, 파비아누는 다른 데 정신이 팔려 있었다. 수리가 필요한 돼지우리와 축사, 좋은 동반자였던 종마, 갈색빛 암말, 카칭가 관목, 패랭이꽃, 부엌의 돌화로, 나무살 침대. 발에 힘이 빠지면서 어둠 속 샌들 소리도 잠잠해졌다. 모든 것을 버려야만 했을까? 자갈이 덮인 길에 접어들자 샌들 소리가 다시 들리기 시작했다.

이제 파비아누는 여명으로 물든 하늘을 살피고 있었지만, 그것이 현실이라고 믿고 싶지 않았다. 매일 떨리는 마음으로 살펴보던 그 강렬한 붉은 빛과는 다른 무언가를 구별해내려고 애썼다. 모자의 굽은 챙 아래에서 밝은 빛으로부터 눈을 보호해주던 그의 두꺼운 손이 떨렸다.

팔은 기운을 잃고 축 늘어졌다.

"끝났어."

하늘을 올려다보기 전에, 파비아누는 이미 한쪽 하늘은 검은빛을 띠고 다른 쪽은 핏빛을 띠다 곧 짙은 파란색으로 변할 것임을 알고 있었다. 생각지도 못한 아주 나쁜 일을 알게 된 것처럼 그는 몸을 떨었다.

철새가 나타난 이후로 그는 불안 속에 살았다. 잠을 이루기 위해 과도하게 일했다. 하지만 일하는 도중에도 등골을 타고 소름이 끼치곤 했고, 밤에는 괴로움에 잠에서 깨어나 나무살 침대 구석에 웅크린 채 자신에게 닥친 불행을 걱정하느라 벼룩에 물리기도 했다.

빛이 밝아져 들판에 퍼졌다. 그제야 여정이 시작되었다. 파비아누는 아내와 아이들에게 주의를 기울이며, 총과 식량 자루를 챙겨 거친 감탄사와 함께 행진을 지시했다.

가족은 마치 누군가가 쫓아오는 것처럼 빠른 걸음으로 여정에 나섰고, 파비아누는 샌들이 거의 아이들의 발뒤꿈치에 닿을 듯이 걸었다. 강아지 발레이아에 대한 기억이 참기 어려울 정도로 그를 괴롭혔다. 그 기억에서 벗어날 수가 없었다. 들판은 가시투성이의 만다카루 선인장과 모래언덕으로 뒤덮여 있었다. 그리고 발레이아가 그를 괴롭혔다. 그는 그 적대적인 식물들에게서 벗어나야만 했다.

아이들은 뛰어갔다. 비토리아 어멈은 눈을 내리깔며 가슴 사이에 보관해둔 흰색과 파란색 구슬로 만든 묵주를 찾았다. 그러나 그 움직임으로 인해 칠을 한 양철 트렁크가 떨어질 뻔했다. 어멈은 자세를 바로잡고 트렁크를 고쳐 이고는, 입술을 움직여 다시 기도문을 읊었다. 우리 주 하느님께서는 착한 이들을 보호하실 것이다. 비토리아 어멈의 마음은 약해졌지만, 가슴이 벅차오르는 따뜻함이 느껴졌다. 어멈은 자신을 다잡고 슬픈 생각에서 벗어나려고 애쓰며, 남편과 단답형의 대화를 나눴다. 하고 싶은 말이 많았는데도 목이 메어 자신의 생각을 설명할 수 없었다. 어멈은 외로움 속에 버려진 듯 자신이 작게 느껴졌고 위로를 받고 싶었다. 용기를 줄 누군가가 필요했다. 어떤 소리라도 듣고 싶었다. 오전 내내 새 한 마리, 잎사귀 한 장, 바람 한 점도 없는 죽음과 같은 정적이 이어졌다. 붉은 띠는 사라졌고, 하늘을 가득 채운 파란빛에 희석되었다. 비토리아 어멈은 말을 해야만 했다. 입을 다물고 있으면 한 그루의 만다카루 선인장처럼 시들어 죽게 될 것 같았다. 어멈은 스스로를 속이고, 소리치며, 자신이 강하다고 말하고 싶었다. 끔찍한 무더위와 말라비틀어진 나무들, 적막과 정적 따윈 아무것도 아니라고 말하고 싶었다. 어멈은 파비아누에게 다가가 힘이 되어주고, 자신 역시 그에게서 힘을 얻었다. 근처의 사물들은 잊었다. 가시덤불, 철새, 썩은 고기를 찾아다니는 독수리 따위는 잊었다. 과거에 대해 이야기했고, 과거를 미래와 혼동했다. 예전과 같은 삶으로 돌아갈 수 없는 것일까?

누군가 그에게 알아듣기 힘든 말을 할 때면 항상 그러듯이 파비아누는 우물쭈물하며 중얼댔다. 그러나 비토리아 어멈이 먼저 말을 꺼냈다는 사실에 기뻤다. 그는 낙담해 있었고, 식량 자루와 잡낭이 점점 그를 짓누르기 시작했다. 비토리아 어멈이 물었다. 파비아누는 말귀를 알아듣지 못해 족히 2킬로미터 남짓을 생각에 잠겨 걸었다. 처음에는 그들이 분명 예전과 같다고 대답하고 싶었다. 그 후에는 그들이 변했다고 생각했다. 더 나이 들고 더 약해졌다. 사실상 다른 사람들이었다. 비토리아 어멈이 다시 물었다. 먼 곳에 가서 다시 예전과 같이 사는 것이 좋지 않을까? 파비아누는 망설이며 고개를 저었다. 어쩌면 그럴지도 몰랐다. 그리고 어쩌면 그렇지 않을지도 몰랐다. 부부는 속삭이듯 긴 대화를 나눴다. 대화는 간간이 이어졌고, 서로 말귀를 알아듣지 못해 같은 말이 매번 되풀이되었다. 그들이 살던 대로 토마스 씨의 제분소에 딸린 작은 집 같은 곳에서 얹혀사는 것. 부부는 그 문제에 대해 이야기했고, 그렇게 늘 가뭄 때문에 마음 졸이며 사는 삶은 가치가 없다는 결론을 내렸다. 가족들은 이제 사람들이 사는 마을에 다다랐고, 살 곳을 찾아야만 했다. 집시처럼 늘 정처 없이 떠돌아다닐 수는 없었다. 어쩌면 돌볼 소가 없는 곳에 가게 될 수도 있다는 생각이 들자 소몰이꾼의 표정이 어두워졌다. 비토리아 어멈은 다른 일을 하면 된다고 말하며 그를 안심시켰고, 파비아누는 떨리는 눈빛으로 뒤돌아 버리고 온 농장 쪽을 응시했다. 하지만 병든 가축들이 떠오르자 곧 생각을 떨쳐버렸다. 미련을 가져서 뭘 어쩌겠다는 것인가? 가축들은 죽었다. 그는 눈물을 참으려 눈을 질끈 감았고, 커다란 그리움이 가슴을 짓눌렀다. 하지만 잠시 후 견디기 힘든 형상들이 그의 머릿속을 스쳐갔다. 주인, 노란 제복의 군인, 안뜰 끝 바위 돌무지 곁에 뻣뻣하게 굳은 채로 누워 있는 강아지 발레이아였다.

아이들이 길모퉁이에서 사라졌다. 파비아누는 아이들을 따라잡기 위해 앞으로 나아갔다. 아이들의 기분을 이용해 최대한 많이 걷게 해야 했다. 비토리아 어멈은 남편을 따라 아이들에게 다가갔다. 길모퉁이를 돌며 파비아누는 몇 년간 살았던 곳에서 조금 멀어진 것을 느꼈다. 주인과 노란 제복의 군인, 강아지 발레이아가 그의 마음속에서 희미해졌다.

그리고 대화가 다시 시작되었다. 이제 파비아누는 약간 낙관적이 되었다. 그는 식량 자루를 고쳐 메고, 아내의 통통한 얼굴과 굵은 다리를 살펴보았다. 좋았다. 담배를 피우고 싶었다. 하지만 자루와 총대를 들고 있어서 그럴 수가 없었다. 총기에 흠이 생겨 여정을 이어가지 못할까 염려되었다. 그는 계속해서 떠들며, 눈앞을 가리는 주인과 노란 제복의 군인, 강아지 발레이아의 그림자를 떨쳐내려는 듯 머리를 흔들었다.

새로운 샌들을 신었다. 발뒤꿈치에 굳은살이 박인 단단한 발로 몇 달 동안 걸을 것이다. 해낼 수 있을까? 비토리아 어멈은 걸을 수 있을 것이라고 했다. 파비아누는 고마웠다. 어멈의 굵은 다리와 굴곡 있는 엉덩이, 풍만한 가슴을 칭찬했다. 비토리아 어멈의 볼이 붉어지자 파비아누는 열정을 담아 칭찬을 반복했다. 그랬다. 어멈은 몸매가 좋았고, 튼튼했으며, 오래 걸을 수 있었다. 비토리아 어멈은 웃으며 눈을 내리깔았다. 그가 말한 것만큼은 아니었다. 얼마 지나지 않아 깡마르고 처진 가슴이 될 것이다. 하지만 다시 살을 찌울 것이다. 그리고 어쩌면 그들이 향하는 그곳은 그들이 지냈던 곳들보다 나을지도 몰랐다. 파비아누는 의심스러운 표정을 지으며 입술을 비죽댔다. 비토리아 어멈은 그의 의심에 반박했다. 왜 우리는 제분소의 토마스 씨와 같은 침대를 가진 사람이 될 수 없는 것일까? 파비아누는 미간을 찌푸렸다. 말도 안 되는 일이었다. 비토리아 어멈은 주장을 굽히지 않고 그를 제압했다. 왜 우리는 항상 불행해야 하며, 짐승처럼 숲속으로 도망쳐야만 할까? 분명 세상에는 평범하지 않은 것들이 있었다. 짐승처럼 숨어 살 수 있을까? 파비아누는 그렇게 살 수 없다고 대답했다.

"세상은 넓어."

실제 자신들의 세상은 아주 작았지만 크다고 말했다. 부부는 반신반의하며 앞을 향해 나아갔다. 아이들에게 시선을 돌렸다. 아이들은 멀리 있는 언덕을 바라보고 있었다. 그곳에는 신비한 존재들이 있었다. 아이들은 무슨 생각을 하고 있을까? 비토리아 어멈이 중얼거렸다. 파비아누는 그 질문이 이상하다는 생각이 들어 불만 섞인 목소리로 투덜댔다. 아이는 작은 짐승이나 매한가지라 생각 같은 건 하지 않는다고. 그러나 비토리아 어멈은 다시 질문을 던졌고, 남편의 확신은 흔들렸다. 어멈이 옳을 것이다. 어멈은 항상 옳았다. 이제 어멈은 아이들이 커서 무엇을 할 것인지 알고 싶어했다.

"소몰이꾼이 되겠지." 파비아누가 말했다.

비토리아 어멈은 질색하며 고개를 부정적으로 흔들었고, 그 바람에 하마터면 양철 트렁크를 떨어뜨릴 뻔했다. 성모님, 부디 그런 재앙에서 아이들을 구해주소서. 소몰이꾼이라니, 그따위 생각을 하다니! 그들은 먼 땅에 도착할 것이고, 낮은 언덕, 자갈, 말라버린 강, 가시덤불, 독수리, 죽어가는 가축들, 죽어가는 사람들이 있는 이 카칭가를 잊을 것이다. 그들은 결코 다시 돌아오지 않을 것이고, 도시에 정착한 세르탕 사람들이 시달리는 향수병도 이겨낼 것이다. 그러면 그들은 가시덤불이 그리워 구슬피 울며 죽어가는 소들이 되는 것일까? 가족들은 먼 곳에 정착해서 다른 풍습을 받아들이게 될 것이다.

파비아누는 아내의 소망을 듣고는 마음이 달떠서 근육이

풀렸고, 식량 자루가 어깨에서 미끄러졌다. 그는 자세를 바로 잡고, 짐을 세게 끌어당겼다. 비토리아 어멈과의 대화가 많은 도움이 되었다. 거의 힘든 줄 모르고 몇 킬로미터를 걸었다. 갑자기 힘이 빠졌다. 허기가 져서 그런 것 같았다. 파비아누는 머리를 들고 태양에 그을린 가죽 모자의 검은 챙 아래로 눈을 깜빡였다. 거의 정오 무렵쯤 된 듯했다. 눈부심을 피해 시선을 내리고 평원에서 그늘이나 물의 징후를 찾았다. 배가 너무 고파서 뱃가죽이 등에 붙을 지경이었다. 다시 자루를 고쳐 메고는, 어깨의 균형을 유지하기 위해 한쪽은 높이고 다른 쪽은 낮춘 채 걸었다. 비토리아 어멈의 낙관주의는 더 이상 그에게 감흥을 주지 못했다. 어멈은 여전히 환상에 빠져 있었다. 가엾은 사람. 어멈은 그렇게 평정심을 잃고 트렁크와 물독의 무게 때문에 목이 몸속에 파묻힐 정도로 잔뜩 웅크린 채 그런 계획들을 세우고 있었다.

가족들은 말라비틀어진 키샤베이라 나뭇가지 아래에서 쉬었고, 밀가루 한 줌과 고기 조각을 씹은 뒤 물병의 물 몇 모금을 마셨다. 파비아누의 이마에서 땀이 마르며 깊은 주름 속 먼지와 함께 가죽 모자의 끈에 스며들었다. 현기증은 사라졌고, 요동치던 배도 가라앉았다. 다시 길을 나설 때는 물독의 무게로 비토리아 어멈의 등골이 휘는 일은 없을 것이다. 본능적으로 그는 들판에서 물줄기의 흔적을 찾았다. 날카로운 추

위에 소름이 끼쳤다. 그는 더러운 이를 드러내며 어린아이처럼 웃었다. 이렇게 더운데 어떻게 추울 수 있을까? 그는 그렇게 아이들과 아내, 무거운 짐을 바라보며 잠시 멍하니 서 있었다. 큰아이는 뼈를 맛있게 씹고 있었다. 파비아누는 강아지 발레이아를 떠올렸고, 다시 한번 등에 소름이 끼쳤다. 그의 바보 같은 웃음은 사그라들었다.

근처에서 물을 찾으면 실컷 마시고, 배가 부른 상태로 떠날 것이다. 파비아누는 비토리아 어멈에게 이렇게 말하며 대지의 움푹 팬 곳을 가리켰다. 물웅덩이가 아닐까? 비토리아 어멈은 입술을 비죽대며 망설였고, 파비아누는 자신이 물웅덩이를 발견했다고 확신했다. 그러면 그가 여태껏 그 지역을 몰랐다는 것인가? 딴소리를 하고 있는 것인가? 아내가 동의했다면 파비아누는 냉정을 되찾았을 것이다. 그 역시 확신이 부족했기 때문이다. 그러나 어멈이 의심을 품자 파비아누는 더욱 열정적으로 그녀에게 용기를 주려고 애썼다. 거짓으로 물웅덩이를 만들어 묘사하며, 거짓말을 하고 있다는 사실도 모른 채 거짓말했다. 그러자 비토리아 어멈도 흥분해서 그에게 기대하는 내색을 내비쳤다. 가족은 익숙한 곳을 돌아보았다. 파비아누의 일은 무엇이었나? 짐승을 돌보고, 말에 올라타 주변을 살펴보는 것이었다. 그리고 그는 모든 것을 살폈다. 멀리 떨어진 언덕 너머에는 다른 세상, 무서운 세상이 있었지

만, 이곳 평원에는 그가 잘 아는 식물과 동물, 골짜기와 바위
가 펼쳐져 있었다.

아이들은 누워 잠들었다. 비토리아 어멈은 남편에게 불을
달라고 한 뒤 담뱃대에 불을 붙였다. 파비아누는 궐련을 말았
다. 잠시나마 평온해졌다. 불확실했던 물웅덩이가 현실이 되
었다. 그들은 다시 속삭이며 계획을 세웠고, 궐련과 담뱃대
의 연기가 뒤섞였다. 파비아누는 자신의 지형학적 지식을 강
조했고, 종마에 대해 이야기했다. 그렇게 좋은 가축이었는데,
틀림없이 죽을 것이라고 했다. 그들과 함께 왔더라면 짐을 나
를 수 있었을 것이다. 잠시 동안은 마른 잎을 먹었겠지만, 언
덕 너머에서는 푸른 먹이를 찾을 수 있었을 것이다. 불행히도
종마는 농장주의 소유였고, 먹이를 주는 사람이 없어 쇠약해
져갔다. 그 녀석은 살갗이 짓무르고 다리에 종양이 생겨 울타
리 구석에서 죽어갈 것이다. 눈을 위협하며 부리로 쪼아대는
독수리 떼를 맞닥뜨리게 될 것이다. 살아 있는 생명체의 눈을
뾰족한 부리로 쪼아대며 위협하는 무시무시한 새들을 떠올
리며 파비아누는 오싹해졌다. 새들이 참을성이 있었다면, 사
체를 편안하게 먹었을 것이다. 그러나 하늘 위를 높이 선회하
는 그 무자비하고 염병할 새들은 참을성이 없었다.

"염병할 놈들."

독수리들은 항상 날아다녔고, 그 많은 독수리 떼가 어디서

오는지 도통 알 수가 없었다.

"염병할 놈들."

파비아누는 평원을 가득 채운 움직이는 그림자들을 바라보았다. 아마도 독수리들은 울타리 구석에 지쳐 쓰러진 가엾은 말의 주변을 둘러싸고 있을 것이다. 파비아누의 눈에는 눈물이 고였다. 가련한 말. 앙상하게 말라 털이 빠지고 굶주림에 지쳐서 사람 눈처럼 보이는 둥그런 눈만 멀뚱히 뜨고 있었다.

"염병할 놈들."

파비아누를 화나게 한 것은 그 무자비한 새들이 이미 방어할 능력이 없는 생명체들의 눈을 쪼아댄다는 사실이었다. 그는 놀라서 자리에서 벌떡 일어섰다. 마치 그 짐승들이 푸른 하늘에서 내려와 낮게 날면서 그의 몸 주변, 비토리아 어멈과 아이들 주변으로 점점 더 포위망을 좁혀 선회하는 것 같았다.

비토리아 어멈도 그의 고통스러운 얼굴에서 불안함을 감지하며 일어섰고, 아이들을 깨우고 바구니를 정리했다. 파비아누는 다시 짐을 짊어졌다. 비토리아 어멈은 그의 허리춤에 매달린 물통 끈을 풀어 큰아이의 머리 위에 포개놓은 낡은 옷 위에 쏟아부은 뒤, 그 위에 잡동사니 보따리를 올렸다. 파비아누는 이 모습을 보며 웃었고, 독수리와 말에 대한 생각을 잊었다. 그랬다. 대단한 여자였다! 이렇게 하면 그의 짐은 가벼워지고, 아이에게는 그늘이 생길 것이다. 물통의 무게는 하찮았지만, 파비아누는 한결 가벼워진 것을 느끼며 힘차게 걸음을 옮겨 물웅덩이로 향했다. 그들은 밤이 되기 전에 도착할 것이고, 물을 마시고 휴식을 취한 뒤 달빛 아래 여정을 이어갈 것이다. 그 모든 것이 불확실했었지만 나름의 규칙을 지니게 되었다. 그리고 해가 질 무렵 다시 대화가 시작되었다.

"이보다 더한 일도 겪어봤어." 파비아누는 하늘과 가시덤불, 그리고 독수리에게 도전하듯 말했다.

"왜 아니겠어요?" 비토리아 어멈이 묻는다기보다 그저 그가 한 말을 확인하듯이 중얼거렸다.

조금씩 희미하게나마 새로운 삶의 윤곽이 그려졌다. 가족은 작은 농장에 머물 것이다. 덤불숲에서 자유롭게 자란 파비아누에게 그것은 어려워 보였다. 가족은 몇 마지기의 땅을 경작할 것이다. 도시로 이주하면, 아이들은 학교에 다니고 부부와는 다른 삶을 살 것이다. 비토리아 어멈은 흥분했다. 파비아누는 웃었다. 그는 손을 비비고 싶었지만 자루와 수발총의 개머리판을 잡고 있어야 했다.

총과 자루의 무게, 샌들 안으로 들어오는 조약돌들, 길거리에 널려 있는 썩어가는 사체의 악취도 느껴지지 않았다. 비토리아 어멈의 말이 그를 기분 좋게 했다. 가족은 앞을 향해 나아가서 미지의 땅에 도달할 것이다. 파비아누는 행복했고 그 땅의 존재를 믿었다. 왜냐하면 그는 그 땅이 어떤 곳인지 어디에 위치해 있는지조차 알지 못했기 때문이다. 그는 비토리아 어멈이 확신에 차서 중얼대는 소리를 그대로 따라 했다. 그렇게 가족은 꿈에 부풀어 남쪽을 향해 걸었다. 힘센 사람들이 가득한 대도시. 아이들은 학교에서 어렵지만 필요한 것들을 배울 것이다. 파비아누와 비토리아 어멈은 나이 들어 결국 강아지와 같이 쓸모가 없어지면, 발레이아처럼 사라져갈 것이다. 무엇을 할 수 있겠는가? 자식들이 떠난 집에 남아 걱정만 하고 있을 게 분명했다. 가족은 문명화된 낯선 땅에 도착해서 그곳에 갇히게 될 터였다. 그리고 세르탕은 계속해서 사람들을 대도시로 보낼 것이다. 세르탕은 파비아누, 비토리아 어멈, 그리고 두 아이들과 같이 강하고 때 묻지 않은 순수한 사람들을 도시로 보낼 것이다.

환경 난민과 기아, 그 불평등한 연결 고리

　하루아침에 삶의 터전을 잃어버리게 된다면 어떨까? 지금 당장 필요한 짐만 싸서 살던 곳을 급하게 떠나야만 하는 상황에 놓인다면 어떨까? 정주하지 못하고 떠돈다는 것, 흐름 위에 보금자리를 틀고 살아간다는 것, 그것은 홀가분한 동시에 불안정한 삶이다. 더구나 언제 어디서 어떻게 끝날지 알 수 없는 불안정한 유랑의 삶은 상상만으로도 막막하고 서글 프다. 쉽사리 상상하기 어렵지만 이러한 상황을 현실로 마주한 이들이 있다. 바로 '환경 난민'이다. 환경 난민은 기후 변화 등 환경 파괴로 인해 살던 곳을 떠나 난민이 된 사람들을 말한다.

　국제이주기구(IOM)는 2050년에 이르면 가뭄, 토양침식, 사막화, 홍수, 삼림 벌채, 해수면 상승 및 기타 환경문제로 인해 전 세계 인구의 10퍼센트에 해당하는 약 10억 명이 난민으로 전락할 것으로 추정하고 있다.

자연재해나 환경문제로 인한 이주민의 발생은 어제오늘의 문제는 아니다. 하지만 최근 기후 위기가 심화되면서 환경 난민은 그 어느 때보다 심각한 사회문제로 대두되고 있다. 기후 변화가 가속화되고, 극한의 환경이 조성될수록 취약 계층은 직접적인 타격을 받는다. 그뿐만 아니라 기후 위기는 농작물의 생장에도 부정적 영향을 미치고 식량 가격을 상승시켜 기아를 심화시킨다. 결국 기후변화의 취약 계층은 자신의 보금자리를 떠나 다른 지역으로 이주하거나, 부득이 이주하지 못할 때는 계속해서 기후 위기의 최전선에서 열악하게 살아갈 수밖에 없다. 이처럼 기후 위기는 인구 증가, 급속한 도시화, 토지 황폐화, 생물 다양성 손실, 불평등과 빈곤 등 21세기 우리 사회의 다른 문제와도 긴밀하게 연관되어 있다.

지금으로부터 86년 전, 브라질의 작가 그라실리아누 하무스의 소설 《메마른 삶》은 환경 난민과 기아, 그 불평등한 연결 고리를 형상화했다. '세르탕'이라는 장소를 배경으로 가뭄과 기아를 피해 정처 없이 떠도는 피난민, 이른바 '헤치란치(retirante)'• 가족의 삶을 다룬 것이다. 가족이 떠도는 '세르탕'

● 가뭄과 기아를 피해 이주하는 브라질의 환경 난민.

은 16세기 포르투갈의 지배를 받던 시절, '사막' 혹은 '황야'를 뜻하는 '데제르탕'에서 기원한 말이다. 대개 성경에서 '광야'로 표현되는 황야는 황폐한 땅, 미개척지의 인적 없는 땅이자 사탄이 출몰하는 장소로 비유되지만 선지자들이 신과만나는 성스러운 장소로도 묘사되었듯, 서구 역사에서 상반되고 이중적인 이미지를 내포해왔다. 황야의 이미지는 자연을 대하는 태도에 따라 달라지며 객관적이라기보다는 주관적 인지에 의존한다고 할 수 있다. 실제로 브라질인들의 의식속 세르탕은 급격한 기후변화와 사람이 살기 어려운 척박한환경 탓에 항상 황무지로 인식되어왔고, 동시에 역경에 굴하지 않는 강인한 생명력과 지혜, 그리고 소박한 삶으로 대표되는 브라질 국가 정체성의 근간을 이루는 곳으로 여겨져왔다.

《메마른 삶》은 이러한 세르탕이라는 초자연의 힘 앞에 미력할 수밖에 없는 인간 군상의 모습과 이들의 끈질긴 생명력을 충실히 담아내고 있다. 화자는 말한다. "파비아누와 비토리아 어멈, 두 아이, 그리고 강아지 발레이아는 그 땅에 붙어살고 있었다." 가족의 삶은 세르탕의 자연과 밀접한 연관성을 지닌 토지에 착근되어 있다. 언제나 토지 소유자에게 얽매일수밖에 없는 소작농의 운명이 그러하듯, 현실의 변화를 꾀하기보다는 반복되는 현실에 안주하고 체념하는 숙명적 세계관을 지닌 이들의 삶 속에서 지배와 종속의 구조는 지속적으로 재생산된다.

총 13장으로 구성된《메마른 삶》의 에피소드들은 다섯 명의 주요 등장인물별로 각자의 시각에 따라 독립적으로 서술된다. 가진 것 없이 태어나 제대로 배우지도 못한 소몰이꾼 파비아누와 그의 아내 비토리아 어멈, 이름조차 없는 두 아이, 그리고 암캐 발레이아는 생존을 위해 피난길에 나선다. 굶주림에 시달리다 키우던 앵무새마저 잡아먹은 가족은 아사 직전에 우연히 발견한 버려진 농장에 정착하게 된다. 이곳에서 파비아누는 농장 주인을 위해 가축을 키우며, 수송아지 4분의 1과 새끼 염소 3분의 1을 자신의 몫으로 받는다. 그러나 아무리 노력해도 팍팍한 삶은 좀처럼 나아질 기미가 보이지 않고, 먹을 양식이 동난 뒤 파비아누는 자신의 몫으로 받은 가축마저 모두 팔고 농장 주인에게 빚을 지게 된다. 이 때문에 품삯을 받을 때마다 원금과 이자를 제하고 나면 겨우 푼돈만 남을 뿐이다.

20세기 초 자본주의의 발전은 브라질 농촌 내부의 계급 분화를 촉진시켰고, 이를 통해 토지를 비롯한 생산수단을 소유한 계층과 그렇지 못한 계층으로 양극화되었다. 지주층과 더불어 작품 속 주요 등장인물 중 하나인 노란 제복의 군인으로 대표되는 막강한 지배 계층은 1929년 세계 대공황과 함께 커피 산업이 붕괴되면서 전통적인 사회구조가 해체된 뒤 1930년 혁명을 기반으로 새롭게 성장한 사회적 존재다. 1930년 혁명으로 정권을 잡은 제툴리우 바르가스 독재 정권의 압제와 당시 세르탕 거주민들이 영양 결핍으로 흔히 앓았던 질병인 황달을 상징적으로 표현하기 위해 묘사된 것이기도 하다.

학교에 다녔던 적이 없어 글을 못 읽을 뿐 아니라 자신의 생각조차 제대로 말하지 못하는 파비아누는 근대사회의 도래와 변화를 이해하지 못한다. 다만 노란 제복의 군인과 같은 새로운 지배층이 전통 사회의 지주층과는 다른 양상으로 자신을 착취하고 있다는 점을 막연하게 인식할 뿐이다. 노란 제복의 군인에게 억울하게 괴롭힘을 당한 파비아누는 그에게 욕설을 퍼붓게 되고, 이를 빌미로 결국 감옥 신세까지 지게된다. 게다가 키우던 돼지를 팔려다 시청 수금원에게 잡혀 세금뿐만 아니라 벌금까지 물고 난 뒤 파비아누는 말한다. "돼지를 키우는 것은 위험했다." 근대적 자본주의에 의해 이식된 규범과 제도는 전근대적인 삶을 사는 파비아누에게는 너무나도 이질적일 수밖에 없기에 진보적이라기보다는 억압적이고 오히려 퇴행으로 인식되는 것이다. 그렇게 파비아누는 자신의 삶을 규정하고 있던 전통적인 질서와 모순되는 근대적 질서에 의해 착취당하고 희생된다. 그는 이러한 근대적 착취 관계가 부당하다는 것을 인지하고 있지만, 세르탕이라는 한정된 공간에 매몰되어 있기에 변혁의 가능성은 드러나지 않는다. 노란 제복의 군인에게 복수를 꿈꾸지만, 정작 그를 죽일 수 있는 기회가 찾아왔을 때는 "정부는 정부니까요"라고 말하며 순순히 놓아주기까지 한다.

한편 파비아누의 아내인 비토리아 어멈은 다른 가족 구성원들과 비교했을 때 가장 근대적인 성격을 지닌 인물이다. 영리하며, 셈도 밝은 그녀는 자신들의 삶을 규정하는 부자유와 억압의 공간인 세르탕을 벗어나면 자유로운 공간에 이를 수 있으리라는 환상을 품고 있다. 또한 제분소의 토마스 씨의 것과 동일한 가죽 침대를 가질 수 있으리라 꿈꾼다. 침대에 대한 그녀의 집착은 단순히 누워 잠잘 수 있다는 물리적 기능과 더불어 세계 안에서의 변신을 위한 욕망의 도구로도 기능한다. 파비아누 가족의 운명은 "방황하는 유대인처럼 정처 없이 세상 여기저기를 떠돌아다니는 것"이었지만 안식처에 대한 갈망이 '가죽 침대'의 이미지를 통해 형상화된 것이라 할 수 있다.

하지만 보다 구체적인 변화의 가능성은 공간성의 차원에서 모색된다. 다시 가뭄이 시작되자 파비아누의 가족은 농장을 등지고 황급히 짐을 챙겨 길을 떠난다. 이를 계기로 비토리아 어멈은 파비아누에게 자신들이 살아왔던 세르탕을 떠나 도시로 이주할 것을 종용하고, 그들은 그렇게 무작정 도시가 있는 남쪽을 향한다. 비토리아 어멈의 설득으로 세르탕을 등지기로 결심한 파비아누 역시 자신이 살아왔던 공간을 떠나 다른 공간에 가면 전혀 다른 삶이 펼쳐지리라는 희망에 부푼다. 말하자면 《메마른 삶》은 농촌을 배경으로 한 대부분의 문학 작품과 마찬가지로 전근대와 근대라는 두 공간 사이를 이행하는 과정을 보여주고 있는 것이다.

그러나 이 작품에서 나타나는 이행의 과정은 근대의 무차별적인 승리 혹은 전근대적인 가치로의 회귀와 같은 이분법적인 인식과는 다르다. 파비아누 가족의 삶을 규정해왔던 공간적 폐쇄성과 시각의 한계는 그들이 살고 있는 공간 너머에서는 전혀 다른 새로운 삶을 누릴 수 있으리라고 상상하게 한다. 그에 따라 자본주의의 발전을 반영하는 도시로의 이주를 통해 이들은 새로운 삶의 방향성과 가능성을 얻을 수 있으리라 생각한다. 하지만 근대적 공간으로서의 대도시에서도 이들이 직면할 현실이란 세르탕에서와 마찬가지로 이들의 기대나 상상과는 어긋난 또 다른 착취와 억압 구조이다. 세르탕을 떠났지만, 여전히 전근대적인 가치 기준으로 현실을 인식하는 이들은 도시에서도 근대성의 이면에 놓인 주변적인 존재일 따름이다. 이 작품에서 이행의 과정은 비근대적인 것과 근대적인 것의 공존, 그리고 그것의 사회적 기제를 동시에 포괄함으로써, 브라질 근대사회가 품은 모순적인 현실을 폭넓게 조망하는 것이다. 이를 통해 《메마른 삶》은 직선적인 발전이라는 관념에서 벗어나 비근대와 근대의 대립 구조 속에서 비근대적인 부분이 근대적인 부분으로 포섭되어가는 역사적인 과정과 함께 근대가 가져온 파괴적인 결과를 동시에 비판함으로서, 비근대적인 것을 통해 이를 극복할 수 있는 가능성도 함께 그려내고 있다. 이에 따라 타자성 역시 당연히 배제되어야만 할 존재가 아닌 공존해야만 하는 존재로 제시된다. 또한 근대성에 대한 모방에서 진일보한 성찰의 대상으로 학교라는 근대의 제도적 공간을 인식함으로써 더 이상 타자가 아닌 주체로서 재탄생할 수 있는 가능성 역시 시사하고 있다. 즉《메마른 삶》의 세르탕은 단순히 소외된 계층이 머무는 장소에 그치는 것이 아니라 타자의 의식화가 이루어지는 정체성 형성의 공간인 셈이다.

이는 작가 그라실리아누 하무스의 독특한 글쓰기 방식을 통해 더욱 여실히 드러난다.《메마른 삶》은 작품 활동을 시작한 이래로 줄곧 자서전적 서사에 천착해왔던 하무스가 유일하게 삼인칭 시점으로 서술한 작품이다. 비참하고 험난하기 이를 데 없는 파비아누 가족의 노정과 함께 하무스는 '그들'의 이야기를 담고 있다. 문학에서 여행이란 늘 자기 탐색을 위한 성찰의 기회이자 존재의 전환 가능성을 상징하는 기존의 경계를 넘어서는 의미를 지녀왔다. 그러나 한계를 인지해야 그 한계의 극복도, 경계 넘기도 가능하다.《메마른 삶》

의 작중인물들과 같이 교육을 받지 못해 자신의 목소리조차 낼 수 없는 가난하고 소외된 이들에게, 기존의 통상적인 '언어'로 주변 세계를 인식한 결과를 표현하고 전달하는 일은 또 하나의 장벽이자 한낱 요원한 꿈에 지나지 않는다. 실제로 인간과의 소통보다 자연과의 소통에 더 익숙한 파비아누는 '말'에 대한 원초적인 두려움과 해소할 수 없는 갈증을 지니고 있다.

이처럼 이성적인 언어의 세계가 아닌 직관을 통해 세상을 보고 경험하는 작중인물들의 목소리를 왜곡 없이 담아내기 위해, 하무스는 최소한의 구문만을 사용해 생략법과 단음절 위주로 구성된 문장을 사용했다. 이러한 문체적 특징 이외에도《메마른 삶》은 발표 당시 지나치게 짧은 분량과 독특한 구성으로 인해 "소설일까? 그보다는 정교하고 견고하게 새겨진 일련의 목판화 같다"라는 평가를 받았을 정도로 전통적인 소설의 경계에서 벗어난 차별화된 글쓰기를 선보였다.

아울러 세르탕의 순환적 시간관을 반영하듯 가뭄을 피해 여정을 떠나는 동일한 장면의 반복은, 작품의 시작과 끝이 서로 맞닿아 있는 순환적인 구조를 나타내기도 한다. 〈이주〉, 〈파비아누〉, 〈감옥〉, 〈비토리아 어멈〉, 〈작은아이〉, 〈큰아이〉, 〈겨울〉, 〈축제〉, 〈발레이아〉, 〈계산〉, 〈노란 제복의 군인〉, 〈새 떼로 뒤덮인 세상〉, 〈도주〉의 순으로 구성되어 있는 각 장은 하루라는 거의 동일한 분량으로 이루어져 있다. 무질서하게 파편화된 것처럼 보이지만, 여러 이질적인 조각을 모아 붙여 다시 하나의 그림을 완성하는 콜라주처럼 새로운 연결 고리를 형성하며 이야기를 만들어내고 있는 것이다. 요컨대《메마른 삶》은 브라질의 비평가 안토니우 칸지두가 지적하듯 기본적으로 "불연속성을 이루는, 파편이 아닌 분절들의 병치" 구조에 바탕을 두고 있으며, 각 장은 서로 간의 관계 속에서 규명된다.

하무스의 이러한 글쓰기는 사람은 물론 이 세상의 모든 구성물이 서로 떼어낼 수 없는 긴밀한 관계를 가지고 있다고 보는 유기적 세계관에 토대를 두고 있으며, 오늘날 생태 비평이 말하는 생태학적 세계관과 접점을 이룬다. '생태학적 세계관'이란, 이를테면 세계의 모든 현상 혹은 생명체들이 근본적으로 상호 의존적이며 개인과 사회가 자연의 순환과정에 깊이 관련되어 있다고 보는 세계관이라 할 수 있다. 따라서 생명체 간의 상호 관계를 중시하는 생태학적 세계관은 수평적 가치관을 그 핵심으로 하며, 자연적 삶의 주기에 따른 순환적 시간관을 내포한다. 실제로 가족의 삶은 세르탕의 자연적 주기와 밀접하게 연관되어 있다. 세르탕의 건계와 우계가 매년 되풀이되듯 그들의 삶은 계절의 변화에 따라 반복적인 성격을 강하게 지니고 있다. 세르탕에서 대도시로의 공간적 이주가 비근대적인 것과 근대적인 것의 공존이라는 모순적 경험의 잉태를 예견하고 있듯이《메마른 삶》의 시간성은 과거, 현재, 미래로 마치 화살표와 같이 한 방향으로만 흐르는 단선적인 근대적 시간관에 따르지 않으며 이행과 발전의 과정으로 파악되지도 않는다. 농업적 삶의 주기와 밀접하게 연관되어 있는 가족의 시간관을 살펴보면, 현재는 과거나 미래와 연결되어 있을 뿐만 아니라 과거와 미래를 하나로 통합하고 있음을 알 수 있다. 이들은 과거, 현재, 미래를 다 포함하는 순간으로서의 무시간적 현재를 살고 있는 것이다. 그렇기에 이들의 이야기에는 늘 아직 미처 살지 못한 미래의 삶이 포함되어 있으며, 과거에 벌어졌던 사건들의 기억이 담겨 있다. 더구나 미래에 관해 언급할 때에도 과거를 통해 환기할 정도로, 이들의 시간관에는 과거, 현재, 미래가 서로 혼재되어 있다. 아울러 이들의 시간관은 땅이나 자연과 불가분의 관계다. 돌볼 가축이 없는 도시로 향하게 될지도 모른다는 생각에 금세 수심이 가득해질 만큼 파비아누는 자신의 삶이 자연에 근거를 두고 있으며, 다른 생명체들과도 밀접하게 얽혀 있다는 사실을 자각하고 있다.

이러한 견지에서 볼 때, 자연의 일부라 할 수 있는 짐승은 인간과 동일한 지위를 차지한다. 실제로《메마른 삶》에서 하무스는 발레이아로 대표되는 짐승을 이제까지와는 전혀 다른 반열에 올려놓는다. 발레이아는 소설의 중심축을 이루는 중요한 역할을 맡고 있다. 짐승이지만 작품 속 그 어떤 등장인물보다 더 인간다운 또 한 명의 작중인물로, 빈곤과 기아에 허덕이는 파비아누 가족이 어려움에 처할 때마다 도움을 주거나 해결책을 제시한다. 짐승이 인간에게 얹혀사는 것이 아니라 그와 반대로 오히려 인간이 짐승에게 기대 사는 형국인 셈이다. 게다가 짐승인 발레이아는 파비아누의 두 아들조차 갖지 못한 이름을 가지고 있다. 이처럼 하무스는 짐승을 또 하나의 작중인물로 취급하여 '발레이아'라는 제목을 달아 하나의 독립적인 장으로 따로 구성해 서술하고 있다. 인간보다 더 인간다운 발레이아의 모습은 비인간적인 상황에 처해 있는 파비아누 가족과 대비를 이루며 '진정한 인간 존재의 모습은 무엇인가'에 대해 독자로 하여금 스스로 묻게 한다. 그런데도 병들어 쓸모가 없어진 발레이아는 결국 파비아누의 총에 죽는다. 하무스는 총을 맞고 피를 흘리며 고통에 신음하는 그 순간부터 숨을 거두는 마지막 순간까지 발레이아의 시선에 비친 인간 세상의 모습 역시 세밀한 필치로 촘촘히 그려내고 있으며, 이를 통해 인간들의 자기중심적 사고를 간접적으로 드러내 보여준다. 이 장면은 "나이 들어 결국 강아지와 같이 쓸모가 없어지면, 발레이아처럼 사라져갈", 발레이아와 별반 다르지 않을 파비아누와 비토리아 어멈의 미래를 암시

하기도 한다.

안토니우 칸지두는 그라실리아누 하무스가 선보이는 급진적 글쓰기에 대해 그가 내면적 독백도 아니고 단순 간접화법 형태의 개입적 서술도 아닌 독특한 서사 기법을 사용한다고 역설한다. 서사 기법에 엄연히 현존하지만 동시에 존재하지 않는 작중인물들의 특징을 투영시킴으로써 마치 그들의 대리인과 같은 기능을 수행하도록 한다는 것이다. 이를 위해 서술자는 작중인물과 거리를 두어 이야기의 일정한 객관성을 유지하며 그 자신의 정체성은 고수하는 동시에 "찰리 채플린의 영화와 같은 무성 소설"을 표방함으로써 침묵이라는 일종의 수사법을 통해 작중인물의 정체성을 드러내 보여준다. 이같은 서사적 장치를 통해 하무스는 자신의 감정조차 이해하지 못하는 이들의 목소리를 좀 더 사실적이고 효과적으로 대변하는 것이다.

근대적 이데올로기에 따르면 자아와 타자는 항상 대립적인 관계에 위치한다. 화자가 소설 속 작중인물과 맺는 관계 역시 이와 유사하다. 화자는 대개 작중인물을 하나의 대상이자 타자로서 파악하기 때문이다. 하지만 그라실리아누 하무스의 《메마른 삶》에 등장하는 화자와 작중인물 간의 관계는 이러한 자아와 타자의 이분법에서 벗어나 있다. 하무스는 근대성의 타자를 주체로서가 아닌 타자 그 자체로서 제시하기 위해 무시간성, 무언의 수사법 그리고 화자와 작중인물과의 관계 재구성 등 여러 서사적 장치를 통해 텍스트적으로도 타자로서 대상화시키고 있는 것이다. 이는 타자화된 대상들의 목소리 복원 및 정체성 형성 가능성의 모색으로 이어질 수 있다.

그라실리아누 하무스의 글쓰기가 '의미 있는 타자'로서의 자연과 환경에 대한 인식의 전환은 물론 인간과 그를 둘러싼 세계와의 관계에 이르기까지 21세기를 살아가는 우리의 인식에 새삼 경종을 울리는 이유다.

임소라

휴머니스트 세계문학 033

메마른 삶

1판 1쇄 발행일 2024년 4월 22일

지은이 그라실리아누 하무스
옮긴이 임소라

발행인 김학원
발행처 (주)휴머니스트출판그룹
출판등록 제313-2007-000007호(2007년 1월 5일)
주소 (03991) 서울시 마포구 동교로23길 76(연남동)
전화 02-335-4422 **팩스** 02-334-3427
저자·독자 서비스 humanist@humanistbooks.com
홈페이지 www.humanistbooks.com
유튜브 youtube.com/user/humanistma **포스트** post.naver.com/hmcv
페이스북 facebook.com/hmcv2001 **인스타그램** @boooook.h

편집주간 황서현 **편집** 김대일 이성근 김선경 **디자인** 김태형 차민지
조판 아틀리에 **용지** 화인페이퍼 **인쇄·제본** 정민문화사

ISBN 979-11-7087-134-7 04870
　　　979-11-6080-785-1 (세트)

- 이 연구는 한국외국어대학교 교원연구사업 지원에 의하여 이루어졌습니다.

휴머니스트 세계문학